群馬が独立国になったってよ

『群馬の逆襲』の
木部克彦

言視舎

この本は、地域活性化を通した真の社会再生を目指すための物語です。
展開されるのは、「群馬県が突然独立国になってしまった」ために起こったドタバタ悲劇、
いえいえ喜劇なのです。

群馬が独立国になったってよ　目次

群馬が独立国になったってよ

シーン1

ある日、群馬県が独立国になってたんさあ

そりゃあ、驚きましたって。

202X年X月X日のこと。

僕が暮らしている群馬県が突然独立宣言して「群馬国」になっていたのですから。

「な、な、なんだ？　革命か？　天変地異か？」

法律、経済、外交、軍事……。ひとつの国が成立するには、考えられないくらい多くの条件をクリアしなければならないでしょう。そんなこと、素人にだって分かります。

「どうやって、国の独立を成立させたの？」

でも、たしかに群馬が独立国になっていたのです。

「なにが起きたのだろう。高度文明を持つ宇宙人が襲来して、地球侵略の手始めに群馬を支配して独立させたんかあ？」

今や遠い昔の昭和に「東北で列車に乗っている時にさしかかったひとつの村が、独立国になっていた」ことから始まる『吉里吉里人』という井上ひさしの小説があったけれども、まさか、現

実の世界でひとつの県が独立国になるなんて……。

たしかに、世事にうとい僕にしても、ある理由から「独立すりゃあ、よかんべえ」という話だけは聞いていていました。

とはいえ多くの県民にとっては「独立記念日」「インデペンデンスデイ」みたいな映画のタイトル、あるいはパチンコ店やレストランなどの「新装開店」みたいな威勢のよい言葉が流れ出てくる、一種のお祭り騒ぎが続いているのではないかといった感覚だったのです。

政治や行政がなにを叫んでも、世の中でどんなことが起きていても、「自分には関係ないさ」とばかりにスマホと向き合って日々を送る。そんな世の中ですからね。

だから地元の大学で食文化を教えている僕も、独立騒動を横目に、一週間の予定で四国各県に郷土料理の調査に行っていたのです。

現地の新聞やテレビでも、群馬の独立など報じてはいません。だから僕の頭の中からこの独立騒動が消えかかっていたのです。

それでね。調査を終えて、飛行機と列車を乗り継いで群馬の高崎駅に帰ってきたわけですよ。そしたら新幹線の改札を出る前に、ゲートがふたつあるじゃないですか。ひとつは群馬国民の入国用。もうひとつは、「外国人」の入国用ゲートだって。

「な、な、なんだ、この国際空港みたいなゲートは？　出入国審査みたいじゃないか。一週間前に出発する時は、こんなゲートなんてなかったのに」

まわりにいる人に聞いてみたら、前日に群馬が独立したということなのです。たしかに「X月W日に、群馬は独立国になります。それまでに、国民全員が群馬国のパスポートを取得してください」などという役所からのお知らせがあったことは覚えています。

これも多くの人は、「お祭り」を盛り上げる演出じゃないのかととらえていました。

「日本国のマイナンバーカードだって強制じゃなくて任意だったんだから、群馬国のパスポートもお祭りのノリで、面白いと思った人がとればいいんじゃないの。これまでの日本のパスポートを持っているけど、それが無効になっちまうんかい？」

こんな感じです。僕にしても新たなパスポートなんて持っていなかったのです。

「恐れ入りますがねえ。群馬国のパスポートをご提示願います。それがないと入国できないんさね」

堅苦しい制服にネクタイの男性が、そう言うのです。

「ええ？　群馬の独立って本当だったの？」

「そうですがね。昨日から群馬は日本の県じゃなくて、ひとつの国になったんだがね。だから入国にはパスポートっつう証明書がいるんさ。ああ、日本国と群馬国は最友好国だから、ビザはなくていいけどね」

「な、な、なんだ？　パスポートだと？　ビザだと？　僕は四国に一週間行って帰ってきただけじゃないか。アメリカやヨーロッパ帰りじゃないんだよ」

「だめだがね、そんな国際感覚のないことを言っちゃあ。これまでだって、海外旅行の時に『パスポートは命の次に大切だ』って言われたんべ？　旅行会社にビザを取ってもらったんべ？　それと同じだがね。国境を越えるんだから、それなりの自覚が必要になるってもんさね。小中学生だって分かることだいねえ」

入国審査官らしい男性は、のどかな群馬弁交じりではあっても、ルールはルールだと強調します。

「だけんどね、独立したばっかりだから、杓子定規にゃあしねえよ。あんたみてえな人が多いからね。ほら、そこに臨時の窓口があるがね。そこでこれまで使っていた運転免許証とか保険証とか学生証なんぞを見せれば、10日間有効の臨時入国証をもらえるんだ。それがあれば、入国ゲートを通れるんさ。群馬国民以外の『外国人』も同じことだいねえ」

「そりゃあ、免許証ぐらい持ってるけどさあ」

「運転免許証の1枚も持ってない人はどうするかって？　残念ながら入国できないやいねえ。国境侵犯は許されねんさあ」

理屈は通っているかもしれません。

「でもねえ。独立の翌日だからね。言うことを聞いてくれねえ人も多いんさ。『なにが独立だ。寝言を言うな。こっちは仕事で忙しいんだよ』って言って強引にゲートを通ろうとする人が、今朝から何人もいるんさ」

「はあ、そうだろうねえ」

「そういう人はどうなるかって？　ほれ、向こうのほうに目立たねえけど警察官の詰め所が見えるだんべ。ありゃあ国境警察隊の派出所だがね。奥にゃあ留置所もあるかんね。そこに留め置きだい。なんせこの世の中はテロ社会だからね、国境侵犯は重大犯罪で取り締まられるんさ。ほれ、あのスーツ着ている男の人。生まれて初めて手錠をかけられたんだろうから、おやげねえやいねえ」

はあ、国境警察隊ねえ。国境侵犯ねえ。

「あんたもいい大人なんだから、もっと国際感覚を持たなきゃなんねえよ。正式な群馬国パスポートは申請から3日でもらえるがね。うちに帰ったら、さっさと申請に行っとくれえ」

ほとんど、山奥を歩いていてキツネかタヌキに化かされた気分になったものです。

でも独立は現実だったのです。

臨時入国証を手にした僕が、晴れて群馬国に入国すると、駅の構内にはステージが設けられていました。そこでは群馬国公認ゆるキャラの「ぐんまちゃん」が、やはり群馬国公認アイドルグループ「あかぎ団」の女の子たちとダンスパフォーマンスを展開していたのです。これまで各都道府県にいるゆるキャラのひとりだったぐんまちゃんが「国民的ゆるキャラ」に、群馬県のご当地アイドルだったあかぎ団が「国民的アイドル」になってしまったのです。

ステージの横には新たな国旗が掲揚されていました。赤城山・榛名山・妙義山の上毛三山の稜線を三本線でデザインしたらしいのです。ダンスに続いて国歌斉唱もありました。そばにいた政府関係者の話では、独立が急だったので国旗も国歌も「暫定」だとのことです。

「国歌はね、地元テレビ局が深夜の放送終了前に流してる『群馬の命』って歌があるがね。それを当面は使うんさあ。歌詞はちょいと古典的だけど、メロディを聞いていると、けっこう荘厳な雰囲気よ。今夜、家で聞いてみてよ」

はあ、そんなもんですかねえ。

「これなら、群馬国民がいつオリンピックや世界選手権で金メダルをとっても、表彰式で使えるがね。ちょうど1分くらいにおさまるからね。そんなシーンを早く見たいなあ」

やっぱり、僕はキツネに化かされてるに違いない……。

でも、こんな出入国ゲートが、県境にある鉄道の駅や、高速道路や、主要道路に置かれていたのです。

電車で、車で、あるいは徒歩で。群馬から隣接する埼玉県、栃木県、福島県、新潟県、長野県などの日本の県に出たり入ったりするには、群馬国発行のパスポートを持っていなくてはいけなくなったのです。もちろん逆に、よその県から群馬国に入る人、つまり外国人は、日本国のパスポートを持っていなくてはなりません。

「うわあ、本当に独立国になったんだ。まあ、パスポートが3日でもらえるのなら、簡単なことだ。今までだって、みんな海外旅行に行くから、日本国発行のパスポートは持っていたしね。でもほんとに、独立というお祭りのシャレじゃないんだろうね?」

僕のように戸惑う人は多かったのですが、群馬国民で新たにパスポートを取得する人は、順調に増えていきました。

日本列島各地へ旅行に行ったり、群馬から東京方面へ通勤通学したり。そんな人たちはさっさと取得しないわけにはいかなかったのです。


ほかにも、買い物好きの人には必携品だったのです。

「だってさあ。お買い得品が並んでいるアウトレットに行けなくなるのが一番困るがね。よく行ぐ軽井沢や佐野や深谷のアウトレット。あそこも外国だからさ。パスポート持って行がねばなんねえ。県境で出入国をチェックするゲートがあるのが、ちょっとだけ面倒だけど。まあそんなに苦痛じゃないやいねえ。魅力いっぱいのお買い得品が待ってるんだからさ」

そうなのです。僕にしても、来週の日曜は家族で、今や外国となった埼玉県の深谷アウトレットに行く予定だったのです。

高崎の自宅から関越自動車道を使ってわずかに30分。超お買い得の洋服や靴を買うのが目的です。

栃木県の佐野アウトレットも、長野県の軽井沢アウトレットも、車で1時間ちょっとだしなあ。そこに行かないわけにはいきません。

日常生活はそんなに変わりそうもないけれど、この先なにが起こるのでしょうか。僕には想像もつかなかったのです。

シーン2
「小さな国でいいがね」と普通のおじさんが

現実を受け止めかねていた僕は、高崎駅で臨時入国証をもらって群馬国に入国して、そこから歩いて10分の自宅に帰ってから、これまでの独立の経緯を振り返ってみました。

つい先日までの日本には47都道府県があって、そのひとつが群馬県でした。ちょうど、日本列島の真ん中あたりに位置していました。

群馬県の中には35市町村（12市、15町、8村）がありました。市町村は群馬県や国の役所と密接につながっていたのです。

そんな今までの「地方自治体のひとつ」から、群馬県がすっぽり分離独立して、群馬国というひとつの国になってしまったのでした。

47都道府県の間で、魅力があるのないの、地味だの派手だの、うまいものがあるのないの。そんな言い合いの中で、長年、ある意味いじめられてきた、あるいはバカにされてきたのが、群馬県をはじめとする北関東3県ですよね。

「だったら、ほかの46都道府県とつまらないことで比べられないように、群馬県が日本から独立してひとつの国家をつくってしまえばいいやいねえ」

そういう考えに県民が傾いたらしいのです。

さらには、日本そのものの国としての力がどんどん低下してきて、衰退社会の様相を呈してきました。

「裏金」だの「資金パーティー」だの「世襲」だの「不祥事」だのと、評判が落ちる一方の政治はもちろん、行政も企業も学校も、どこもよくならないじゃないですか。

社会の格差も広がる一方で、青年世代と高齢世代の対立もはなはだしい。

若者は結婚に背を向ける。

かつて一生懸命働いてきた高齢世代は老後破綻に喘ぐ。それを見る若者世代は「自分たちの老後は、もっと悲惨だ」と絶望感をいだく。

「おかしいよ、こんな世の中」

「生きていたって楽しくないじゃないか」

誰もが思っている不満なのに、日本という国は、いつになってもよくなる気配が見えない。

いろんなことに嫌気がさした群馬県民が、立ち上がってしまったのです。

「人口約200万人・面積6362平方キロの小さな国でいいだんべえ。ここに暮らす人たちが、心身ともに健康で幸せな生活ができる。真面目に働けば、少なくとも老後不安などかかえずに、安心して生きてゆける。それを上州人200万人の手でつくり上げたいもんさねえ」

「群馬に暮らす者の手で市民革命とか百姓一揆のようなでっけえ社会改革を実現しようっつうことだんべえ？」

「そのためには独立国家になることが一番の近道だいねえ」


世界を見渡しましょう。

人口の少ない国をまず見ることにします。

「バチカン」（615人）、「ニウエ」（1700人）はさておき、「ツバル」（1万1000人）、「クック諸島」（1万9000人）、「リヒテンシュタイン」（3万9000人）、「トンガ」（10万7000人）、「サモア」（22万2000人）、「ブータン」（78万2000人）、「バーレーン」（157万7000人）などと、群馬よりもはるかに少ない人口の国がたくさんあります。「世界一幸せな国」を標榜するブータンがここにいます。

「ラトビア」の189万人、北マケドニアの205万人あたりが、群馬と同じレベルです。人口200万人台や300万人台の国としては「リトアニア」「ジャマイカ」「カタール」「モンゴル」「ジョージア」などがあります。


面積の狭い国はどうでしょうか。

「バチカン」（0・4平方キロ）、「モナコ」（2平方キロ）、「ナウル」（21平方キロ）、「ツバル」（26平方キロ）、「サンマリノ」（61平方キロ）、「リヒテンシュタイン」（160平方キロ）。さらには「マーシャル諸島」（180平方キロ）、「クック諸島」（237平方キロ）、「シンガポール」（720平方キロ）、「トンガ」（720平方キロ）、「サモア」（2830平方キロ）などが並びます。

バチカンは日本の皇居の半分以下。モナコは東京ディズニーランドと東京ディズニーシーを合わせた広さの2倍。リヒテンシュタインは瀬戸内海に浮かぶ小豆島とほぼ同じ。マーシャル諸島は霞ヶ浦よりやや小さい程度です。これらの国の小ささはさておき、ラグビーワールドカップ常連で、日本とも交流が密なトンガやサモアよりも、群馬のほうがはるかに広いのです。トンガやサモアを訪れると、みんなが楽しそうに暮らしている姿にうらやましくなります。だったら群馬だって。

群馬の6362平方キロと同規模の国は「トリニダード・トバゴ」（5130平方キロ）や「ブルネイ」（5765平方キロ）ですね。

これらはなにを意味するのでしょうか？

説明の必要がないでしょう。

群馬の人口や面積は「ひとつの国として十分に成立する」ということです。

独立運動を思い立った人が面白かったのです。

62歳の男性で、もともと政治家でもなんでもない、普通のどこにでもいる元会社員のおじさん。

普通のおじさんだから、普通に生きてゆけない日本に、素朴な疑問をいだいたのでありました。

おじさんの名前は中之条太郎。

群馬の北部に中之条町という四万温泉や沢渡温泉で有名な地名があるから、群馬の人は彼の名前、その漢字だけを見ると「なかのじょう・たろう」と読んでしまうのですが、このおじさんは苗字が「中之（なかの）」、名前が「条太郎（じょうたろう）」なのです。

「中之」を「なかの」と読む苗字は珍しいものの、日本の各地にあるにはあります。

「初対面の人に口で『なかの』ですって言うと『そうかいねえ』ですが、若い頃から、名刺を差し出すと『ナカノジョウ・タロウさんですか。群馬では覚えやすい名前だいねえ』と言われて、『いえいえ、ナカノジョウではなくて、ナカノです。ナカノ・ジョウタロウだがね』って言い直さないといげねえので、面倒くさかったがね」

本人はこれまでの日本の標準語をしゃべっているつもりですが、語尾の群馬弁は隠せません。

「世界には200万人よりも少ない人口の国なんてたくさんあるがね。群馬県の面積より狭い国だって珍しくねえ。群馬が独立国になったってやっていけるだんべえ」

「このままずっと日本の県であり続けて、全国一魅力がないだの、楽しくないだのと言われ続けるぐれえなら、独立独歩の歩みを始めたほうがよかんべえ」

このおじさんだけでなく、多くの県民がそう思ってしまったのです。

62歳のおじさんと言えば、それまでの日本の常識からすれば、ほとんど「リタイア世代」です。会社員なら定年後の嘱託勤務。年金生活を夢見て穏やかな日々を送っている。あるいは、ちょこっと仕事をして、年金では物足りない分を稼ぐ。そんな世代でしょう。

条太郎も、そんな状況のはずでした。

ただ、ちょっと考えが違っていました。

「だってさあ。人生が60年、70年で終わっていた頃なら、僕らがしゃしゃり出る必要なんかないやねえ。でも、今は『100年人生』じゃないか。僕にしたって、40年先を見据えなきゃなんないんさね。だったら、黙ってはいられないってことだいねえ」

「それにね。60代ってのは『怖いものなし』の世代なんさ。仕事の出世欲も、お金儲けの欲も、とっくに枯れ果てている歳だがね。でもね。社会人としての人生を半世紀近くも続けてきたんだ。世の中の右や左、表や裏も、若い世代よりはわきまえているんさ。それに、体もまだまだ丈夫だ。若者なら50年先、100年先を見通さなきゃならないだろう？　でも、彼らは今の自分の仕事や暮らしのことで精一杯だ。だから、未来の社会をよくするために、怖いもの知らずの僕らの世代が立ち上がらなければならなかったんさあ」

超高齢社会になったからこそ、条太郎のような世代が引っ込んではいられないと言うのです。

つまり、こういうことなのです。

「老人とは『進化した生き物である』。それを現実の社会づくりで証明しよう。それができれば、若者世代だって安心して歳を重ねられる」

さらにこんな声も上がりました。

「群馬県の形を見てみりゃあ一目瞭然だい。南は神流川と利根川で埼玉県と、東は渡良瀬川で栃木県と隔てられている。北や西は険しい山岳地帯で、新潟県や長野県とは陸続きだけど、事実上は、見えない境界線があるんさ」

独立国になっても、この地形から見て外国からの国境侵犯は難しいのです。

「人工の壁など不必要な『自然の城塞都市国家』みたいじゃないかね。主だった道路や河川に架かる橋、鉄道の駅などに警備体制を敷けば済む話だと思うんさ」

「そうだい。新潟県や長野県との県境に21世紀版『万里の長城』をこしらえる必要なんざねえってことだい」

「200万国民は全員が群馬国のパスポートを持てばいいがね。群馬から日本各地へ行く、あるいは日本各地から群馬に入るには、お互いに最友好国同士なんだから、ビザを取得する必要なし。気楽なもんさ」

「群馬国民にしてみれば、日本国である東京の企業に勤める、学校に通う、買い物に行く、遊びに行く、そんな際にパスポートを持ってれば、自由に行き来できるってもんさね」

これによって、群馬国民は適度な緊張感と国際感覚を、知らぬ間に身につけることにもつながります。

六本木や赤坂や銀座の繁華街がなくたってよいのです。

超高級料亭がなくたって構いません。

ごく一部の権力者や富裕層が金を使って楽しむ場所など群馬国民にはいらないのです。

「200万人が、三食に困ることなく、平穏に生きてゆける」

「必要以上の経済格差など存在しない。横並び第一主義の画一的な人生観・価値観もない。あるのは200万人一人ひとりが独自の価値観や人生観をしっかりと持って、人を羨んだり蔑んだりしないこと」

「人と人とが互いに敬い合う。支え合う。そんなごく当たり前の平和が手にできる」

そんな社会を自分たちの手でつくり上げてゆこう。多くの人の心の奥底にあった闘志に火をつけたのが、ひとりの普通のおじさんだったのです。

「普通に生きようじゃないかね」

「他人やよその土地に住む人の目を気にしないで、自分自身の価値観で生きてゆける社会がいいがね」

こんな呼びかけが瞬く間に広がり、ついには、国家独立の是非を問う住民投票にまで拡大したのでした。

シーン3

いつまでも「いじめられっ子」じゃいらんねえ

よく耳にしてきたのですが、日本には都道府県別魅力度ランキングなどといった各種調査結果がありました。

とにかく北関東の旗色が悪かったじゃないですか。

群馬県、栃木県、茨城県。この北関東3県は47都道府県中、必ずと言ってよいほど40位台をうろうろしていました。群馬県が最下位の47位に2年連続で輝いたり、茨城県が同じ目に遭ったりしたこともありました。栃木県も似たり寄ったりでした。

この魅力度ランキングが低い理由については、あまり明確なものはありません。

県民所得、観光地、有名な郷土料理、その他具体的な指標に基づいた調査とは思えないのです。

「群馬?　栃木?　茨城?　よく知らないなあ」

これが一番大きな理由ではないでしょうか。

よいたとえではないかもしれませんが、学校のいじめに近い感じがあるような気がします。

いじめる者にすれば、格好の標的がある。それ以外の人にとっては、自分がいじめられないために、誰かがターゲットになっていればよい。

こうやっていつになってもいじめがなくならない。

47都道府県の比較も、これと共通する感覚があるのではないでしょうか。いじめられっ子と同じで、なんとなく地味でおとなしい、そんな存在が小バカにされる。揶揄される。有名な都道府県の人たちは、優越感を手にする。それ以外の県の人たちは「あの県がいじめられているうちは、自分たちは安心だ」と胸をなでおろす。


そうやって、日本列島を北からいくと、山形県、群馬県、栃木県、茨城県、岐阜県、鳥取県、島根県、佐賀県。このあたりが、いじめられっ子と言ってよいかもしれません。

それ以外の都道府県の人たちが「積極的ないじめっ子」だったり、あるいは「自分が標的にならなくてよかった」と背中を丸めて黙っている「消極的ないじめっ子」だったり。


だから、群馬県民は日頃から考えていたのです。

「日本に47都道府県があるから、上位がいて下位もいる。いつまでたっても地味で自慢嫌いな群馬県はいじめられっ子の立場を強いられるんさ」

「だったら、いっそのこと、日本から独立して群馬という小さな国をつくってしまえばいいがね」

群馬の人口は約２００万人ですから、世界一小さな国ということにもなりません。人口がもっともっと少ない国はいくらでもあります。国として充分に成立するということです。

国として独立してしまえば、ほかの46都道府県と比較されることがなくなるのです。

「東京や大阪などの大都市に比べて地味で楽しくなさそうだ」

「京都みたいに華やかなお祭りがない。有名なお寺も神社もない」

「沖縄のように美しい海がない」

これまで言われてきたさまざまな悪口。「○○と比べて……」と比べられる理由がなくなるのです。だって、群馬はよその国なのですから、比較対象になりようがないのです。

群馬以外の日本国の46都道府県の中で、勝手に言い合いを続ければよいだけのことです。

なんともスッキリするのです。


「だから群馬国として独立して、これまでの日本がかかえている数え切れないほどの問題を解決した、人々が心豊かに安心して暮らせる理想の国づくりを進めていぐべえ」

群馬の人たちはそんなことをいつも思っていたのです。いじめの対象である群馬県が日本からなくなってしまうことを残念に思っている多くのいじめっ子たちに、「群馬県が独立国になって悪かったたな」という捨てゼリフを投げかけたいと。

そうやって「世界一幸福な国」を声高に主張するブータンに負けないような、「世界一の超成熟社会」を目指すための壮大な実験が展開されたのでした。

群馬が独立国になるという主張に対しては、日本国中から非難轟々でした。

「群馬の人はいったいなにを考えているのか」

「200万人などという少人数で、国が成立するわけがない」

「魅力度が一番低い県だということを言われ続けて、頭がおかしくなったんじゃないの？」


群馬の人は反論しました。

「でもよお。落ち着いて考えりゃあ、分かるだんべえ」

そんなふうに。

激動の昭和時代が終わって、平成時代に入ってから令和時代へと40年。ずっと不況が続いてきたし、給料は上がらないし、暮らしはよくならないし。国民の格差は広がる一方だし。青年世代は男女ともに結婚しない人がどんどん増えていったし。日本の経済力は衰退傾向だし、人口だって減り始めてきているし。

国のかじ取りを担って、かつては尊敬のまなざしを集めていた政治家だって、誰も信用しなくなってしまったし。官僚だって同じこと。大企業も不祥事続きで、信用できない。

「これじゃあ、戦後の復興から高度経済成長で世界にのし上がった昭和のほうが、まだましだったんじゃないのか。みんなが将来へ向けて希望を持てていたって意味では」

日本中で、そんなぼやきが聞こえてくるばかり。

政治の世界で、ひとつの政党の不祥事が続くと、必ずこう言いますよね。

「解党的出直しをしなければならない」

実際に政党を解体するかどうかはさておき、お題目としては必ずこうなります。

とはいえ、意見対立から分裂したことはありましたが、自ら解体することはなかったじゃないですか。解体などやる気はありませんよね。

でも、日本がここまでおかしくなってきた以上、誰もが薄々そう感じているのですよ、声に出さないだけでね。

「日本という国の解体的な改革が必要な時期にきているのではないか」

なのに現実はどうでしょうか。日本社会は混迷の度合いを深めるだけ。

飛躍が望めなければ、人間は弱いものですから、他者をけなす方向にシフトします。そうやって、自分自身に言い訳して、納得させるのです。

どんな言い訳ですって?

「群馬県に比べれば、自分の住む土地はまだましだ」

これですよ。そんな自分自身への言い訳のために、理不尽ないじめを繰り返している人は、解体的な改革なんて言わないでしょう。下には下があるものだ。そんなきわめて後ろ向きの安心感のゲットとでも言いましょうか。

悪口を言っている側が、そんなねじれた満足感で納得している一方で、言われる側の群馬県民としては「もうこれ以上我慢できない」という憤りが頂点に達したのです。

群馬への悪口だけなら、無視すればよいだけのことかもしれません。でも日本全体がどんどん沈んでいく。この現実を目の当たりにすると、こんな泥船に乗ったままでよいのか、そんな思いに包まれもするわけです。

だからといって、海の向こうの外国に移住したいわけではないのです。群馬の人は「群馬という土地で暮らすのが最高だ」と確信できる数々の理由が分かっているのですから。奥ゆかしい気質だから、その魅力をひけらかさないだけなのです。

「だったら群馬だけで独立して国家をつくればいいがね。今の日本がかかえているような難題をすべて解決して、素朴でいいから世界一幸せな国家って、小所帯のほうがつくりやすかんべえ？」

「そんな大胆な実験を、この群馬の地で進められれば、そして、うまくいけば、この解体的改革がもっと広い地域に広がるってもんだいねえ」

群馬県には、そう前向きに考える人が多かったということなのです。


とはいえ、単に独立国になるだけでは問題が解決しません。今日の衰退日本を招いている大きな原因のひとつが、深刻な政治腐敗・政治不信にあることは明らかです。だから、独立国になってまず取り組むべきはこの問題だったのです。

「人間としての権利を大きく保証する。よい社会をつくる。そのために、誰もが善だと思い込んでいた選挙による議会制民主主義とか間接民主主義とかが、日本では必ずしも有意義に機能しなかったと考えたほうがよいのかもしんねえ」

そんな機運が盛り上がったのは無理もないことでした。

「自分たちが勝ち取った大切な権利を一時的に手放してでも、この百数十年続いたシステムとは違うものをつくったほうがいいんじゃあねえんかい？」

これが、独立を問う住民投票の柱のひとつになったのでした。

そんな「群馬事変」とでも呼ぶべき台風が吹き荒れました。その激しい風は「群馬独立の是非を問う住民投票条例」制定運動の盛り上がりから、実際の条例制定、その末の住民投票の実施へという事態を招きました。まさに、「大型台風」であるかのように進んでいったのでした。

シーン4

世界一貧乏な大統領なんさ

そんな展開の末に実施された群馬独立の是非を問う住民投票には、一カ月の期間をかけました。その間に、現状からの改革を目指す独立賛成派と、独立に不安をいだく反対派が舌戦を展開したのです。

これは、これまでの日本で過去に一部の地域であった「原発設置の是非を問う住民投票」などに近いものだったかもしれません。

ただひとつ、大きく違った点がありました。

現状維持を主張する独立反対派が、そこいら中にポスターを貼り、おおがかりな集会や街頭宣伝を展開して、「一部の人の世迷い言に耳を貸さないで」「安心できるこれまでの暮らしを続けよう」と訴えたのは当然のことだったかもしれません。

反対に、独立運動の先頭に立つ条太郎には運動をするために事務所を借りたり、街頭演説の車を用意したり、大量の印刷物をつくったりするお金なんかなし。

それに街宣カーで走り回って独立を連呼したって、そこいらを歩き回って演説や握手を繰り返してみたって、だからなんだって言うのでしょうか。

普通の選挙もそうですが、通りすがりのアピールでは、まともな政策やビジョンなんて、そう簡単には伝わらないじゃないですか。


「だから僕はそんなことやらないんさ。本当は、お金がないからできないんだけどね」

「それよりさ。ひとりでも多くの人たちが僕ら側に集まってくれるような形にしたいなあ。社会づくりのために『自分には、そんなの関係ねえ』じゃなくて、自分の課題なんだから、自分で考えて動くようなー」

「前橋や高崎の夏祭りには、何十万人もの人が集まるがね。それと同じように、でっけえ体育館か野球場みてえな会場で訴えるんさ。20日も続けて、毎日別の人がきてくれれば、200万人全員参加も夢じゃないってもんだ」

条太郎は高崎市内にある市民野球場を借り切って、そのグラウンドの真ん中に立ち続けて、集まってくれた人たちと理想の社会づくりを目指す意見交換を続けたのです。

「公営施設だから丸一日借りたって、何万円でもないし。そのくらいの出費は仕方がないやねえ」

最初は賛同者100人か200人が集まってくれただけでした。

でもこのやり方が噂を呼んで、日ごとに倍々ゲームで人が集まるようになりました。

なにせ、インターネット・SNS（ネット交流サービス）全盛の世の中ですからね。誰かが「群馬独立について、野球場で丸一日おかしなことをしているおじさんがいる」などとアップすると、またたく間に拡散したわけです。

これは、お笑い芸人がミニバイクで各地を旅するテレビ番組のロケをしていると、撮影の様子がネットで広がって、1時間後の次のロケ地に大勢の人が駆けつける、それと同じですね。

初日の200人が翌日には500人に。次の日には500人が1000人に、その次の日には1000人が2000人に。4日目には2000人が5000人に。5日目には5000人が10000人に。さらには10000人が……。

この現象は、これまでのような地元新聞や全国紙の群馬版、あるいはNHKを含む地元放送局の報道だけでは考えられなかったものでしょう。多数のフォロワーを持つインフルエンサーのような存在がたくさん集まってくれたがゆえの盛り上がりだったのです。

「会場のみなさん、写真とか動画とかガンガン撮って発信してくださいね。このお祭りみたいな熱気が群馬の全員に届くようにさあ」

世代的にSNSは得意じゃない条太郎自身も、さらには支援者たちも集まった人たちに対してこんなふうに呼びかけ続けていたほどですから。

展開されたのは条太郎の演説や、彼と集まった人たちによる語り合いだけではありません。

野球場には、彼の知り合いの歌手や楽器奏者、落語家、舞台俳優、ダンスサークルの会員などいろんな人が駆けつけては、楽しいステージを展開してくれました。この間が条太郎の休憩時間となりました。

「やっぱりお祭りをすれば、人が集まるんだなあ。『政《まつりごと》』って、本当だなあ」

長い間、ほとんどの人たちはこう考えていました。

「政治や行政は自分たちとは関係ない。お上にお任せですよ」

そんなふうに背を向けてきました。その結果が、今日の衰退日本だったのです。政治、行政、企業……、世の中すべて腐敗し、困るのは僕たち一般の国民です。それにいち早く気がついたのが、群馬の人たちだったわけです。

「よりよい社会をつくるのは、そこに暮らす一人ひとりの責任」

当たり前のことにようやく気がついて、行動したのが群馬の人たち。その「言い出しっぺ」が62歳の普通のおじさんだったのでした。

しまいには何万人もの人たちが集まった野球場。

当然、全員が野球場に入り切りません。球場を群衆が取り囲むような形になりました。そんな人たちは、場外に設置されたいくつかの大型スクリーンで、場内の様子を眺め、条太郎たちの主張に耳を傾けたのです。それぞれが、時おり声高に叫びながら。

「そうだ。私たちは群馬人としての価値観とプライドを掲げて生きればいいじゃないかね」

「東京や大阪みとうな大都市と比べられること自体が腹立たしいやいねえ」

「水と緑に満ちた群馬の環境は、生きるうえで最高だがね」

「政治の金権腐敗も、群馬から正していけばよかんべえ」

「長生きしてよかったたって思えなけりゃあ嘘だがね」

こんな声が飛び交い、まさにお祭り騒ぎになったのです。おとなしい性格の群馬人の、堪忍袋の緒が切れたのでしょう。

条太郎たち独立推進派の主張は単純明快でした。

「魅力度ランキングなど関係なし。群馬は独立国になり、独自の価値観や人生観で生きてゆく」

「政治腐敗の抜本的改革を進め、国民の政治参加を進める。そのために人としての基本的権利である『選挙制度』をいったん棚上げして、18歳以上の有権者名簿からくじ引きで議員を選ぶ」

「国会議員は20人程度」

「国会も市町村議会も議員を男女半々にする」

「政治・行政システムの解体的再建のために、政治家はすべて時給制による最低限の有償ボランティアにする。つまり『政治にはお金がかからないこと』を実証する」

「国家元首である大統領だけは直接民主制にして、国民投票にかける。ただし、専従職ではあるものの、報酬は月額15万円。ボーナスなし。辞める際の退職金など、もちろんなし。行政府から選んだ数名の補佐官はつける」

「議会・委員会は、夜間と土日曜日に開く」

「国の行政府は、当面旧群馬県庁スタッフで構成する」

「人生１００年を安心して生きられる年金や補助金制度をつくる」

「食料自給率を１００％以上にする」

「国民の間の格差をなくす。全員が質素だが安定した暮らしができる環境を確立させる。ヘイトスピーチなんか論外」

「男女格差をなくすために、ジェンダー平等を推進する」

「ＡＩやデジタル技術を使いこなしながらも、ＡＩに人間が支配されない教育、経済、社会システムをつくる」


住民に自発的に集まってもらい、ともに議論して、具体的発展策を模索する。そんな「真の国民主権」による統治を目指して「小さな国だからこそできる」という独自の運動スタイルを徹底させました。

その盛り上がりの末に、住民投票では投票率が90％を超え、その中で「独立賛成」が思った以上に多く70％を超えました。


条太郎を支える仲間たちは、高揚した気分で叫びました。

「日本で初めての、市民革命の実現だがね！」

でも、普通のおじさんの条太郎はさめたもの。

「革命だなんて大げさな……。でも、みんなの不安や不満をなくそうという熱い思いが実を結んだことは間違いないがね。これから大変だけどさ」

直後に独立後の群馬国初代大統領を選ぶ選挙が行なわれました。

「独立言い出しっぺ」の責任をとって立候補することになった条太郎は、前から口にしていました。

「僕は高齢者目前だよ。会社員人生で、高崎駅の近くに小さい家も建てたし、娘はカナダに嫁いでいる二児の母だ。カナダ国籍も取ってるから、帰ってこないさ。実はかみさんが若い頃に他界して、男やもめなんさね。いまさら大きな利権を手にしてお金儲けしたいなんて欲もないし、きれいな女性がいる高級クラブに通いたいスケベ根性もないんだよ。質素な衣食住があれば、それでいいんだ。にわか政治家が大金を手にすると、ろくなことに使わないからよお」

そう言って、独立住民投票の段階で主張していた15万円ほどの月給で大統領職をこなそうと言うのです。

「だってさあ。毎日着るスーツやシャツ、ネクタイだって郊外型の紳士服店で買えば充分じゃないの。それに、そこで買う服は、いまや舶来ものだからね。これまでの日本人がイギリス仕立ての高級スーツを買うようなもんさ」

こんなことですから、大方の予想通り、独立の言い出しっぺである条太郎が立候補を届け出た以外に、誰も立候補しませんでした。

そりゃそうですよね。

「大統領の月給は15万円でよい。最低限の衣食住が保たれれば充分なんだよ。それだけあれば、国づくり対策に没頭できるんさあ」
「国家でも自治体でも、トップがあんまり高い給料をもらっていると、ろくなことがないがね。少なくともこれまでの日本ではそうだった。だから、安い給料でいいんだ。僕の任期のうちはね」

独立の是非を問う住民投票で圧勝した独立派の中心人物にこう言われては、仮にほかの人が名乗り出ても、太刀打ちできなかったことでしょう。

こうやって、政治歴もなく、特別な能力もお金も持っているわけではない普通のおじさんが、独立国群馬の大統領に選ばれてしまったのです。

「政治、とりわけ選挙に金がかかるから、政治家はお金集めに血道をあげる。もちろん選挙というシステムの大切さは充分に心得てるけど、その選挙にすら国民の大半が背を向ける。社会づくりに対して、すべてを他人任せにしてしまう。選挙で政治家を選ぶことが大切なのは分かっちゃあいるけど、日本はそれでよくなったんかいねえ。そうじゃないがね。悪くなってきているじゃないか。だから、無理を承知で数年間はそのシステムを凍結しようっていうことなんさあ」

「世界一貧しい大統領って話題になったことがあったよね。南米のどっかの国だったっけ？　でも僕のほうがもっと貧乏な大統領に間違いないかんべえ？」

これはこれで、かなりの説得力がありました。

「国政、国会、行政、自治、治安……。素人には難しすぎる。だから、政治家がくじ引きだなんて、無謀すぎる」

そんな批判が、たしかにありました。

でも、よく考えましょう。

人間一人ひとりの「差」なんて、たいしたことではありませんし、人間の本質は何千年たってみたって変わるものでもないのです。

その証拠に、21世紀の今日でも、今から2500年も前の「論語」の孔子の教え、仏教における釈迦の教え、2000年前のキリストの教えなどなど、何千年も前の教えを世界中に説いているのです。

パソコンも、スマホも、自動車も、冷蔵庫も、エアコンも、飛行機も、ロケットも、宇宙ステーションもなかった社会の思想家による、その時代に生きる民衆に説いた教えが、今でも色あせていないのです。

これは、「人の本質は、変わらない」ことを強く示しています。

だから、「政治は、行政は、一般国民が理解するには難しすぎる」などと決めつけるのは矛盾した考え方なのです。

もしくは、意図的に難解にすることで、あるいはベールに包み込むことで、民衆から遠ざけているほうが都合がよい。そう考える勢力があったのかもしれません。

だから、国民が国政に無関心であることは、権力側にはきわめて好都合であり「本当は誰にでも理解しやすいものなんだよ」ということを、意図的に分からせないようにしてきたのかもしれません。「分かっちゃったら、自分たちが甘い汁を吸えなくなるので困る」ということかもしれません。

だから条太郎は「政治家選びをくじ引き制にして、国民の中の誰に当たるか分からなくすれば、政治や行政について誰もが『他人任せ』ではなく、自分自身の課題として取り組むようになる」と考えたのです。そんな考え方の定着こそが、心豊かな社会づくりに直結すると。

こうも言いました。

「僕のことを大統領なんて言わないでくんないね。『中之さん』『条太郎さん』って呼べばいいがね。堅苦しくならないようにさ。国民はみんな平等な人間なんだから、大統領なんて、なんか偉そうでいかんわ。前に僕が勤めていた小さな会社でも、『社長』なんて呼ばずに『○○さん』だったんさ。国会議員だって『センセイ』なんて呼ぶのはやめべえ。『○○さん』『○○議員』でいいじゃないの。『先生』は、心から尊敬できる人相手の時だけにしようや」

さらに、こんな言い方も。

「政治家は国民に雇われてるんだから、国民から僕が役立たずだと判断されたら潔く退場する覚悟はできてる。これまで日本の政治家は不祥事を起こしても『政治家の出処進退は、政治家本人が決める』と居直ることが多かったがね。とんでもない考え違いさ。思い上がりもはなはだしい。人間誰しも自分の出処進退は、自分で決めるもんだ。自分の人生なんだからさ。ただし例外が政治家だ。社会奉仕のために国民から雇われているんだからね。政治家の出処進退は国民が決めなきゃなんないんさ。だから政治家の責任も重いし、それを見つめる国民の責任も同じように重いってわけさね」

なるほどなあ。その通りです。

まあ、とりたててイケメンとかイケオジといったルックスではない、普通のおじさんでしかない条太郎。鮮やかなアクションで悪人をやっつけるトム・クルーズみたいな端正な顔をしているわけでもありません。何十年も前にニューヨークで恋物語に熱中して、きれいなお姉さんたちを口説き続けた末に、50歳を過ぎたら敏腕刑事に転身して、殺人犯を週に一回は逮捕していた田村正和のような個性的な美男子でもありません。

しいて言えば、ふたりと比べると、「目鼻立ち」ではなく「目鼻の『数』」だけはそっくりだってことでしょうか。

ああ、身長だけは175センチくらいあったから、外国首脳との会談の場に臨んでも、見劣りはしないでしょう。

もしも群馬国が先進国になって、G7サミットみたいな場で、全首脳が記念写真を撮ることになっても、貧相には写りません。

そこだけは大統領職の「有資格者」だったのかもね。

シーン5

選挙制度を棚上げするべ

身分差別社会であった江戸時代から一大転換して近代民主国家の道を歩んできた日本ではあるものの、21世紀になってふと考えるのは、これまでの形の民主主義では、結局日本がよくならないのではないかということです。

人としての権利の基本中の基本である選挙権。これが大切であることは当然のことなのですが、この選挙による議会制民主主義というシステムが、日本の国民にはどうにも効果的に機能しない。それが分かってきているじゃないですか。

とりわけ、平成時代に入ってからのこの40年近く、日本が停滞というよりは衰退の一途をたどっていることは、誰しもが感じていることです。

国民全体が役所任せ、政治家任せの意識になってしまっていることが原因なのでしょうね。

明治維新の際に、一部の指導者層、エリート任せにしたことで、「自分たちでつくり上げた社会ではなくともうまくゆく。指導者層の日本人は優秀なのだから、それについてゆけばよい」という国民の胸の奥底にあった意識が、実はとんでもない幻想だったことが分かってきたのです。

こうなったら、システムを一度シャッフルするしかないのではないでしょうか。ガラガラポンですよね。そんな壮大な社会実験をするしかないというところまで追い込まれているのですよ。

「やってみてダメなら元に戻すし、うまくゆけば未来が明るくなるに違いないじゃないかね」

「国会議員の裏金問題は、いつになってもなくならねえ。2024年夏の東京都知事選の候補者掲示板ジャックだって笑えねえ。選挙の掲示板に無茶苦茶した人を批判するのは簡単さね。だけど考えてみない。『法律に違反しないから、法律に規定がないから』という理由を掲げた異常行動に、『違法ではないからなにをしてもよいってことではないぞ』という批判は当然だ。でも、むなしいやいねえ。だって、これまでずっと国会議員が『法律の裏をかいくぐる』ことばっかりやってきたじゃねえか。それが直らねえ限り、掲示板ジャックをした人たちになにを言ったってだめだい。『国会議員がやってることと同じだ。法律の裏をうまくくぐればいいじゃないか』と開き直られたら、それ以上は突っ込めねえ」

だから、抜本的改革のためには「金のかからない政治」の確立が欠かせないというわけです。

「政治に金がかかる最大原因」たる選挙制度を、しばらくは棚上げするべきだと。国民の大切な権利にもかかわらず。

「そのぐれえのことをやんねえと、なんにも変わらねえ」

群馬では、多くの人がそう考えたのです。

「そうやって革命的な改革をしなければ、国が沈没しちまう」

そんな深刻な危機感ですよ。

群馬独立の是非を問う住民投票での、独立推進派の主張を振り返ってみましょう。

大統領を選ぶ選挙だけは直接民主性を取ってゆくことを明言しましたが、国会議員や市町村議員という政治家については、有権者名簿の中からくじ引きで選ぶという主張でした。

裁判員や検察審査会委員を選ぶ形と同じです。

「政治家を選ぶための大切なシステムであり、国民に欠かせない権利である『選挙』を当面棚上げするべえ」

そういう大胆な方法を選ぼうというのです
くじ引きで選ばれたそれぞれの議員は、本業を持ちながら、夜間や休日に議会出席などの政治活動を行なうことにしたのです。最低賃金に近い時給計算による「有償ボランティア」という考え方ですね。

4年に一度の選挙があり、当選するために大変な費用がかかるから、多くの政治家がそちらのほうに目が向いてしまう。それはもう何十年も前の昭和時代から言われていましたよね。それでも経済成長が続いた時代には、ある意味「社会が豊かになってゆくのだから、それも必要悪だ」といった見方を誰しもがしていました。でも日本が衰退して、人口も減ってきて、老後も安心できなくなって。

そんな状態になってきただけに、もう逡巡している暇はないのです。

どこぞの洋酒メーカーのトップの口癖だった、「やらないよりは、やってみなはれ」の世界ですね。

くじ引きで選べば、選挙の必要がありませんから、政治家はむやみやたらとお金集めに悩む必要がなくなります。選挙で自分の名前を書いてほしいから、いろんな会合やイベントに嫌々ながら顔を出して、顔と名前を売るために挨拶だけして帰る。縁のない人の葬式にも参列する。そんなことに伴う膨大な時間や費用のロスが防げるのです。

くじ引きという「運任せ」の議員のイスですから、そこにしがみつこうとしてよからぬ行動をとることもありません。言うまでもなく「世襲」なんて、ありえません。

また、規模の小さな市町村議会などでは、議員のなり手が少なくなってきているという深刻な現状があります。これも、きちんとしたくじ引きによる有償ボランティア制度にすれば、定数は確保できるし、住民の誰にとっても「政治は自分自身の課題だ」という意識づけにつながります。


有償ボランティアである政治家のもとに、いろいろな立場の市民が支援者として集う。無償のボランティアとして力を尽くす。

心の底から自分の住む国をよくしたい。安心して暮らせる社会をつくりたい。そう思う人であれば、最低限の報酬による有償ボランティアでも、無償ボランティアでも、一生懸命に仕事をするからです。

「そんなの理想論じゃないかね。素人に複雑な政治活動などできるはずがなかんべえ?」

独立前の群馬県民からさえも、そんな厳しい批判がありました。

でも条太郎は反論しました。

「いつまでも日本で一番無名な土地と言われていいんかいねえ？　それに、無名だろうが有名だろうが、日本が沈んじまったら元も子もないがね。このまま座して悲しい明日を待つより、変革の可能性に期待しようじゃないかね」

群馬の独立は、この地に住む２００万人だけのためではない。苦しむ日本国民全体のためになる。

この訴えは、多くの人の心に響きました。

さらなる主張も明快でした。

「人生１００年を安心して生きられる収入環境をつくる」

「食料自給率を１００％以上にする」

「国民の間の格差をなくす。全員が質素だが安定した暮らしができる」

「ＡＩやデジタル技術を使いこなしながらも、ＡＩに人間が支配されない教育・経済・社会システムをつくる」

人間社会ですからあげるべき課題を並べればきりがありません。１００も２００も、１０００を超える課題があることは誰にだって分かります。

だから、「最低限この環境はつくり上げよう」という数項目を並べて、重点的に訴えていったことが功を奏しました。

新たな群馬国の首都は、旧県庁所在地だった前橋市に置かれました。

これには異論もありました。

群馬の表玄関として高速道路網や新幹線など高速交通の要衝であり、経済の中心地たる高崎市にするほうがよいのではないかという意見です。あるいは前橋と高崎が合併して新首都となるべきではないか。

議論は白熱しました。

しかし明治維新での廃藩置県の際に、県庁所在地が前橋に行ったり高崎に行ったりしていたことが発端になって150年ほど仲のよくない関係が続いていた両市の合併に関する議論は、そうスンナリと決着するものでもなかったのです。

そこで前橋を首都にしたわけです。

行政府は、それまでの群馬県庁の32階建てビルを使えます。旧県庁の各課が、かつての日本の「霞が関」みたいな省庁となったのです。

その横の県議会議事堂がそのまま、国会議事堂というわけですね。


そして、住民投票の公約通り、群馬国では、国会議員も市町村議員も全員が最低限の賃金による有償ボランティア制に変えました。これは大胆な実験でした。しかも、立候補制ではなく、有権者名簿からのくじ引きという議員選びシステムです。さらには、男女も半々です。

議員には本業があるのですから、国会や市町村議会は、すべて夜間や土日曜日に開かれるようになりました。そのほうが国民による議会の傍聴にも好都合です。

議員の報酬は、そのような議会や委員会などへの出席に対する最低限の日当ということになりました。

だから議員の年収が１０００万円とか２０００万円という高額にはなりません。文書通信費とか政治活動費のようなものも出ません。鉄道やバスのフリーパスは支給しましょう。すべては気高いボランティア精神に支えられるわけです。必要最低限の報酬だけです。

国の行政運営のチェックや、国民生活に欠かせない立法という作業のために、行政府から国会議員ひとりに対してふたりの秘書官が派遣されます。

行政や法律に精通した即戦力の助っ人がつくわけです。これによって、「自分に都合のよいという理由だけで、家族など身近な人を公設秘書にすることが招く弊害」も防げます。

みなさんは本業の収入で生活を成り立たせた上で、ボランティア活動に取り組むのです。すべては「明日の社会づくり」を目指して汗を流すわけです。

夜間や土日に議会や委員会を開くのですから、行政職員の残業や休日出勤も必要になりました。これはこれで、職員が相互に代休を取りながらこなせば済むことでした。

世の中、ホテルや旅館の宿泊業をはじめ、病院や福祉施設など、多くの仕事が24時間営業です。みんな勤務時間を調整しながら交代で「休みなしの稼働」を続けています。当たり前の話なのです。

「行政職員同士で勤務時間調整をしても、無理が生じるのでは」

そんな声もありましたが、世の中はＡＩ全盛時代です。かなりの仕事をＡＩが請け負って、人間の負担が減るようになったのは好都合でした。


政治家を有償ボランティアにすること。そこには、真の目的がありました。

それは人々の「政治」や「政治家」さらには「政治的」という言葉から受ける印象を１８０度ひっくり返すことです。

それが「一人ひとりが積極的にやらなければならないという住民統治」を通じた「よりよい社会づくり」の意識向上に直結するからです。


「政治的」という言葉の意味を辞書で引いてみましょう。

「政治に関するさま」

「事務的でなく実情に合った駆け引きをするさま」

「駆け引きにたくみなさま」

こういった記述があります。それまでの多くの人たちの間では「駆け引きにたくみ」というイメージが前面に立って、乱暴ですが善悪で判断すれば「悪」のイメージがありました。

ずる賢いとか、法律の抜け道をうまく使う。そんなイメージですね。

これが有償ボランティアになると、数々の「うまみ」などなくなるのです。必要最低限の時給による社会奉仕活動なのですから。これまで政治家に言葉の上だけでは尊敬しているかのような態度を取っていた多くの人たちも、有償ボランティアによる自分の利益を考えない気高い奉仕活動には、心から尊敬の念をいだくようになりました。

それこそが、心豊かな社会づくりへの第一歩であることは、言うまでもありません。

ですから、群馬国の議員は、「名士」でも「エリート」でもなんでもなく、真の奉仕者という位置づけになったのです。

そのため、施設建物の完成とか、道路や橋の開通などの場でのテープカットでも、政治家たちがテープの前に並ぶことはありません。だって、政治家は本来「みなさんの幸せのための裏方」であるべきなのですから。カット役は、利用者である大人や子どもたちです。葬式や数々の式典でも、議員向けの優先席などありません。すべて一般席で、誰もがきた順番に座ります。そういう「当たり前の光景」にしてゆこうというのです。

半世紀前の昭和50年代はじめに日本の首相になった群馬県出身の政治家が「政治は最高の道徳だ」と言ったことがありました。

でもその後半世紀の政治の世界を見れば、そんな言葉が空しく響きます。理想と現実のギャップは歴然としています。

とても「最高の道徳」だとか「子どもたちのよいお手本だ」などと言える状況にはならなかっ

たではないですか。政治家たちの多くは、尊敬の念を集める姿を示してはこなかったですよね。国や地域のリーダーたちが若い層から尊敬されなかったら、国がよい方向に進むはずがないじゃないですか。

小さな子どもたちが大人を尊敬できなかったら、彼らが尊敬を集めるような大人に育つはずがなし。

さまざまな分野での「解体的な出直し」の推進のために、まずは政治の「解体的な改革」が欠かせなかったのでした。

「政治が改革できてきて、裏金も資金パーティーも、密室政治や料亭政治も、国民に正面切って説明できない昔っからの『政治的なもの』が全部なくならなくては。政治や政治家が国民の尊敬の対象になるためにはそれが不可欠だんべ。そうじゃなけりゃあ、独立したからって日本の46都道府県の人に胸を張って自慢できねえ」

「一部の特権階級が支配する社会。支配層が住民を虐げる社会。果ては外国の人たちに危害を加える社会。そんな何世紀も前の植民地支配と奴隷制度の時代のような社会にしてはいけねえんじゃねんかい？　家族や友人知人が、安心して、質素でもいいから明るい食卓につける。そんな社会がいいやいねえ」

独立した群馬国が目指す方向性は、そういったスタイルが確立された「世界一幸せな国づくり」だったわけです。

シーン6
くじ引きで選ばれた国会議員なんさ

さて、独立国である群馬国なのですから、ともかくは政府をつくり上げなければなりません。

大統領たる条太郎を支える数名の補佐官。中でも首席補佐官は、条太郎のボランティア活動仲間で以前から顔見知りだった35歳の女性でした。民間会社で営業チームの先頭に立っていた三本木峰二香（さんぼぎ・ふじか）という独身女性でした。

これは大統領として決断した、思い切った民間登用・女性登用でした。

政治家歴のない素人である大統領と首席補佐官を中心に「素人の、素人による、素人のための政治」によってこそ、「解体的な再生施策」が進むはずだという信念でした。そういえば「Government of the people, by the people, for the people」の言葉で圧倒的な支持を集めたアメリカの大統領がいましたよね。そんな歴史に倣ったのかどうか分かりませんが、条太郎たちは「情熱のほとばしる素人目線」を最重視したのでした。

この三本木さん、女優のアンジョリーナ・ジョリー、北川景子、あるいは松本若菜って感じの、目力にあふれた女性です。まあ、ルックスについてはどうでもよいことですがね。

「名刺を渡すと、『サンボンギさんですか？　珍しい苗字ですね。東京の六本木みたいでカッコいいですね』、そう言われるのが面倒くさいけど、もう慣れました。『さんぼぎ、です。さんぼぎ。藤岡市にこの地名があるのよ』って説明するのが嫌になります。名前も『ふじか』って誰も読んでくれない。『みねか』さんですか？　とか『みにか』さんじゃないですよね？　なんて言われ続けて」

彼女は営業畑で鍛えられただけあって押しが強い女性でした。なんとなくノホホンとした人生を送ってきた条太郎だけに、大統領と首席補佐官として見れば、バランスのとれた相棒と言えるかもしれません。

問題は「20人程度で男女半々」とした国会議員です。

「住民の基本的な権利たる選挙権というものを一時棚上げしよう。政治腐敗の改革と、国民の政治参加意識の向上には、これしかない」

そんな危機感から導入した「有権者名簿からのくじ引き」という、かなり大胆なやり方です。

どんな人が「くじに当たったか？」。

思った通り、この方法で選ばれた国会議員の顔ぶれが、それなりにすごかったのです。

18歳の女子高生の伊香保彩（いかほ・あや）。

大工の棟梁である60代の上手建夫（かみて・たてお）。

専業農家で夫を支える50代の尾瀬はるか（おぜ・はるか）。

大学の工学部4年生の22歳、桐生優悠（きりゅう・ゆうゆう）。

20代のスナックホステス、下仁田ゆず（しもにた・ゆず）。

30代の証券ウーマンの渡良瀬杏（わたらせ・あん）。

同じ30代の銀行員、尾島満徳（おじま・みつのり）。

40代で夫と子どもがふたりの専業主婦、六合あづま（くに・あづま）。

小さな旅館経営者の60代赤城忠治（あかぎ・ただはる）。

小劇団を主宰する30代の女性座長、迦葉あかり（かしょう・あかり）。

40代のタクシー運転手の水上匠（みなかみ・たくみ）。

60代の俳句作家の草津湯治（くさつ・あきはる）。

70代の元公務員、坂東太郎（ばんどう・たろう）……。


そうそうたるメンバー、と言うにはやや抵抗があるかもしれませんが、そうですね、庶民的感性を備えていて、バラエティーに富んだメンバーと言うことはできるかもしれません。

高校生と大学生のふたりを除いて、20人のほとんどは幸いなことに職業を持って自立していて、だから「政治資金をなにかに流用しよう」など考える必要のない人ばかりだったのです。

これなら条太郎が目指す「政治家は職業ではなく、有償ボランティアという立場にしよう。自立した国民が、自分たちの手でこの国の現在から未来までを考える。国がよくなるための設計図を描く。それを実行する。決して一部の人任せにしない。それが、社会を立て直す最善の方法じゃないかねえ」という理念にかなうものであったかもしれないのです。

これに、旧県庁の各部局が、国としての各省庁として国の行政を担当する形を取りました。

とはいえ、政治家たちの初会合はそれなりに紛糾しました。「国会議員就任は義務なのか？」といったそもそも論です。

「誰だって、面倒なことはごめんこうむりたいんじゃないんかい？」

「議案書とか予算書とか、いろんな難しい書類を読まされるんだんべ？　できるはずがないがね」

「最低賃金レベルの時給制議員報酬だって？　それなんに重い責任負わされるんかいな？　コンビニでバイトしているほうがいいやいねえ」

「本業が忙しいんさ。夜や土日祝日もつぶれるんだろう？　じゃあ国会議員はいったいいつ休めばいいんだいね？」

「くじに当たったからって、断われるんだろう？　旅行券とか商品券が当たったのならうれしいけど、『議員就任券』なんか当たったって、迷惑なだけだい」

異論反論はとどまるところを知りません。

そんな人たちに、条太郎が懸命に反論しました。

「これまでの日本を見ていれば分かるじゃないかね。政治や行政が、本気になって国の行く末を考えているか、あやしいもんだ。少子化も高齢化も、年金問題も、食料自給問題だって、ずっと前から誰もが分かっていたじゃないかい。でも、国として本気になって取り組んできたとは思えないやいねえ？」

「そりゃあ、そうだけど。そんなことは偉い政治家先生やお役人が考えればいいことじゃないんかい？　庶民が考えることじゃないさね」

「そうやって、僕ら国民は、国の未来を見つめようとしなかったじゃないか。政府や官僚が悪いだけじゃない。国民も悪いんだよ」

「そんなこと言われたってさあ……」

「いいかい。国民主権つったってさ、4年に一度、投票に行くだけだったじゃないかい？　政治家目指して立候補する権利にしても、現実には『地盤（選挙区・後援会）』『看板（知名度・肩書）』『鞄（資金）』の『三バン』がなけりゃあスタートラインに立てないよね。誰もが自由に立候補できるシステムにはなっていないじゃないかね。そんなんで主権もないもんさね。言葉だけさあ。その選挙だって、どこの選挙も投票率が50％にもならない。みんな無関心だ。その結果国民が手にしたのは、平成以降の『失われた何十年』と、『少子高齢社会をどうするべえ』、って不安だけじゃねえのかなあ」

その通りです。

「権力ってものは、必ず腐敗するんさ。権力のうま味があればあるほど、手放したくなくなるってもんだいねえ。自分が年とってきたら、手放したくないもんだから自分の子どもに継がせようとしているじゃないか。これじゃあ『私有財産』じゃないかね。そんな勘違いから、日本がどんどんおかしくなったんさあ。だから、今回みたいに『くじ引き』にするしかないんさあ。一度手にした権力も、次のくじ引きで誰かほかの人の手に移るんなら、執着する必要がなくならいねえ。これが一番の狙いなんさあ。誰にくじが当たるか分からねえんだから、みんなが政治に無関心ではいられなくなるべ？」

町内会の20軒程度の隣組の班長さんだって、持ち回りだから、全員が町内会活動に無関心ではいられない。それと同質……ではないかな。

条太郎はそんな言い方もしました。

「ここには女子高校生や男子大学生もいるがね。ふたりとも、自宅で暮らしながら、学校以外の時間帯でアルバイトをしてるだんべ？　国会議員つったって、そんな普通の学生の生活と変わらねんさあ。給料をもらうアルバイト仕事が議員活動に変わるだけだい。ふたりが入ってくれりゃあ、同じ若者世代も政治に目を向けてくれらあ。頼むよ。全員引き受けてくんないね。明日の国づくりのためなんさ」

条太郎の必死の説得に、みんなも段々と態度が軟化してきました。

人間って、真に「心に響く言い方」をされると、素直になれる生き物なのです。

国会議員就任という当たりくじを手にしたみんなだって、条太郎と同じ気持ちで、現状への不満と、将来への不安をかかえていたはずです。

「難しい政治のことなんて、関係ないね」

そんなふうに突っ張りながらも、心の底では「そうだよなあ。みんなの力でなんとかしなきゃ、国が沈没してしまう」と思っていたはずです。

だから、条太郎の説得に反発できなかったのでしょう。

「とにかく、議員就任は断る」

何回か会議をするうちに、そんなふうに強硬に言う人がいなくなっていったのは幸いなことでした。

高校三年生の伊香保彩にいたっては、自分のおじいちゃんみたいな年齢の条太郎に向かって「ちゃんづけ」です。

「大統領って呼ばなくていいのね。じゃあ条ちゃんがいいや。ねえ、条ちゃん。彩はこう思うんだけどさあ」

そんな今時の女子高生でしたが、「私が政治家？　いいじゃん、いいじゃん。うちの高校やほかの高校の子たちをたきつけるからさ」と、放課後や土日祝日を使って、政治を語る集いを開いたり、模擬国会を開催してみたり。それが、メディアやネットで紹介されて、運動が広がり始めました。

自分の意見を周囲に言わなかったり、世の中に対してシラケ切ったりしている。スマホに向かっているだけで、誰とも言葉を交わさない。そんな悪口が当たり前になっている十代にもかかわらず、旺盛なやる気を見せています。

「それにね。こんな学園祭感覚、サークル活動っぽい感じで走ってたら、第一志望の大学に推薦で受かるかもしんないじゃん。正直、くじに当たったのは、超ラッキーね」

大学4年生の桐生優悠にしても、国会議員の心構えはないようです。

「いろんな会合って、高級料亭で開くんでしょ？　行ってみたいなあ。きれいなお姉さんからお酌されたり、ハニートラップなんてしかけられたりしないのかなあ？　でも群馬に高級料亭ってあるんだっけ？」

どこにでもいるノンポリ学生でした。

でも女子高生の彩と同じように、大学生の間で、群馬国の明日を真剣に考えるイベントを連続開催するなど、それまでの日本にいたそこいらの政治家たちよりは、よほど精力的な活動を展開するようになってきました。

「4年生ですから就活なんですよ。忙しくて仕方がないんだけど、夜や休日を潰して国会活動をしていることが、面接に行った企業に認められて、就活がうまくいっちゃいました。とても有意義な社会奉仕活動として評価されたんです。会社員になってからも、国会議員を続けていいそうです。理解のある社長でよかった」

大工の棟梁の上手建夫も「政治家なんて柄じゃない」と照れ笑いを浮かべながら、でも、ものづくり職人らしい言い方に変わってきました。

「何十年も家づくりをしてきたんだからさ。そんな俺が、今度は国づくりをするんだ。どっちも、図面の中の理想を現実のものに組み立てる仕事だんべ？　やることは変わらねえよ。俺の名前がすげえだんべ？　上手建夫、つまり『じょうずに、たてる』っつうことだいねえ。だから、俺も世の中を上手に建てる仕事にぴったりかもしんねえ」

ものづくりという課題への自信で言えば、農家の妻である尾瀬はるかも出番です。

「あたしだってものづくりのエキスパートだよ。米でも野菜でもさ。それに国の重要課題のひとつに食料自給率100％ってのがあるじゃないか。あたしの専門分野ってわけだがね。なんだったら農林大臣を受けたっていいのよ」

40代主婦の六合あづまも、負けてはいません。

「懐事情のことは任せてよ。家計をやりくりして20年以上のベテランなんだから。尾瀬さんが農林大臣なら、あたしは財務大臣かな。話は違うけど、『六合』って書いて『ろくごう』じゃなくって『くに』って読むのは珍しいでしょう？　平成の市町村合併までは、中之条町の奥に六合村（くにむら）があったから、読んでもらえたんだけど、今は、みんな『くに』って読んでくれないのよ。明治の頃に、小さな村が六つ合併したから六合村になったんだけどね」

世の中、知識や技術は大切です。でも政治家が博識でなければならないってこともないのです。自分が優れた能力を持っているというふうに他人から見える。そんな演技力ももしかしたら、政治家の条件かもしれません。小劇団座長の迦葉あかりは胸を張りました。

「外国との交渉なんか、芝居、つまり演技じゃないか。見栄とハッタリと、お客さんを惹きつける芝居心で生きてきた私にはピッタリさね」

なるほどなあ。彼女が外務大臣かあ？

スナックのホステスの下仁田ゆずは、意味ありげな笑顔と見ているこっちが目のやり場に困るような派手な洋服で近寄ってきます。

「人を惹きつける芝居力や対話能力なら、あたしだって人には負けないわよ。こう見えても、年収1000万円くらい稼いでいるんだから。でも、夜に国会開くとなると、あたし失業かなあ。なんか昼の仕事に変わらなきゃならないかも」

そりゃあ、切実ですね。

「ああ、でもね。夜の営業中にさ、スナックと国会をテレビ電話でつないで、私やお客さんの生の声を国会に届けるってどうよ？　いいえ、もっと派手にしようか。私の店に条太郎さんや国会議員に集まってもらって、臨時国会を開くのよ。客席の隅のお客さんは、傍聴席にきた雰囲気で議論を聞くのよ。みんなで軽く一杯やりながらね。これをテレビ中継すれば、国民がみんな見るんじゃないの？　そうだ、彩ちゃんはまだ、お酒はダメよ。大丈夫。うちのバーテンさんがつくるノンアルカクテルって、見た目きれいでおいしいから」

アルコールが入ると、気がねや遠慮がなくなって、本音の議論になるから、有意義かもしれません。

「国の運営は、つまり経営だからね。小さいとはいえ、長いこと旅館経営を続けてきたノウハウが活きると思うんさ」

旅館経営者の赤城忠治の自信ありそうな笑顔は頼もしいのです。

「だけどねえ。三本木さんや六合さんと同じように、僕も名前を正しく読んでもらえないんだ。なにせ『赤城』ときて『忠治』の文字が続けば誰だって『ちゅうじ』って読むよね。俺は『ただはる』なんさね」


最高齢の、70代坂東太郎だって血気盛んです。

「名前から言って、私が国会議員にならないわけにはいかないじゃないかね。利根川の別名・坂東太郎その人なんだからよお」

おあつらえ向きの名前の人に当たったもんです。

「それにね。体力はちょっと落ちてきたけども、その分、社会人人生半世紀を超えてるんだよ。生きるか死ぬかの病気も経験したんだ。いろんな厳しい体験を乗り越えてきたんだからね。この経験と、培われた判断力って大きいと思うんだよ。この年になって怖いものなんかないし、喜んで群馬国の未来のために捨て石になるさ」

頼もしい心意気です。


スムーズな国政運営のために、行政府の職員を各議員にふたり、秘書官としてつけています。

これまでの日本の政治家のように、「猿は木から落ちても猿だけど、政治家は次の選挙で落ちたら、ただの人だ」などといった恐怖観念をかかえて、日々選挙を見据えた対応に大勢の秘書が走り回らなければならないようなことはありません。だから、最低限の人数で十分です。

それが選挙制度を一時棚上げした目的のひとつなのです。

ただ有償ボランティアなのですから、政治活動に取り組む時間は限られます。

難解な議案書とか行政府からの報告書とか提案書とか、あまりにも堅苦しい文書を読み、理解するには、秘書官がいても時間が足らないことでしょう。

かといって、行政府の人間に「今日からすぐに、中学生にも分かる読みやすい文章表現にしなさい」と言ったって、すぐにできるはずもなし。

でも、そこは現代のコンピュータ社会が幸いしました。

手元に届いた政治や行政の文書は難解。ところが、これを横にあるＡＩに示して「中学生程度で理解できる文書に翻訳しろ」と指示すると、瞬く間にきわめて平易な文書に翻訳されて返ってくるのです。

専門用語にあふれる堅苦しい文書に慣れていない、新たな国会議員たちも「この書き方なら分かるよ」などと抵抗なく受け止めることができたのです。

「なんだあ。議案書なんていうからややこしいことが書いてあるのかと思ったら、普段使ってる高校の教科書より分かりやすいじゃん」

「そうなんだよ。お役所から出てくる文章ってわけが分からないと思っていたんだけども、ＡＩ

で日常語に翻訳すると、意外に分かりやすいんだね」

「つまりさあ。議案書とか法案とか、あの分厚い六法全書とかね。難しく書けば価値があるって思ってる人がつくったんじゃないの？　大学なんかで専門の研究者が書く論文もそうだよね。大学の授業で先生に言われて読むことがあるんだけど、最初の1ページで挫折していた。やっぱり中学生にも読める程度の文章って大事だよ」

国会議員たちからは、そんな声が次々に上がりました。

これはＡＩ全盛時代、インターネット全盛時代の最大のメリットであったわけです。


国会議員に提示される文書がＡＩで「中学生が読める程度」の平易なものになったお陰で、それぞれの議員にとって議案などの精読がスムーズに進みました。それを理解した上で、いろんな問題についての議会質問も、採否の判断も、それぞれが個人の知識経験や世代ごとの価値観や判断力で立ち向かうのです。

すべて他人任せにはできません。ほかでもない、自分の国のことですからね。

「今まで国会議員の取り組みって、スーパーマンじゃないとできない気がしていたけど、使命感さえあれば、できるじゃないかね。女子高生のお嬢さんだって、あんなに一生懸命だし、心強いねえ」

上手建夫が、伊香保彩の態度に感心しています。

尾島満徳も負けてはいません。

「なんたって、選挙がないんだから、いろんな団体の宴会に顔を出さなくてもいいし、すれ違った人にお愛想笑いしたり、握手したりすることも必要ない。知らない人の葬式に行かなくてもいい。だからお金がかからない。費用対効果で考えると、効率的なやり方かもしれないなあ。もちろん時給制の有償ボランティアだから、人件費がなっから安いし」

さすがに銀行員。費用計算みたいなことはお手のものなのでした。

シーン7
出張国会は満員御礼だがね

これまで群馬県議会議事堂として使っていた建物があったわけですから、新政府としてはそこを群馬国の国会議事堂として使うつもりでいました。

でもそうなると首都の前橋だけが政治の場みたいになりかねないじゃないですか。これだとかつての日本の東京一極集中とあまり変わらない感じです。

それに、旧県議会議事堂の傍聴席なんて、その席数はたかが知れています。とても大勢の国民に集まってもらうような感じにはできていません。

そこで、当面はこの国会議事堂については委員会審議などに使うことにとどめて、政府は国会の本会議をもっと大勢の国民が集える場にしたいと考えたのです。

条太郎たちが考えたのは、国内各地への出張国会という展開でした。政治のほうから国内各地へ、国民各層へと出向いてゆこうというプランを最優先しました。

だって大統領と20人の国会議員と、あと行政府の各省庁の代表が集まるのですから、大きな体育館程度の施設があれば十分に出張国会を開けるわけです。

それに体育館だけではないです。

天気がよければ、青空国会だって開くことができます。野球場やサッカー場、陸上競技場といった場所ですね。

まだまだあります。もっと楽しい場所が。

天下の草津温泉の湯畑。あのまわりのスペースを使って、大勢の傍聴人を含めて全体で1万人くらいの国会を開くことができるでしょう。

有名な伊香保温泉にある365段の石段を国会会場にしてもよいですね。

日本列島最大の流域面積を持つ利根川を持つ群馬国。この広い川原を大自然の中の会議場として活用することもできます。

21世紀なのですから、紙の会議資料だけじゃなくて、いろんな先進機材があります。映像、音響、生中継設備……、どうにでもなるじゃないですか。

国会だからといって堅苦しさなど必要ありません。

国会議員は本業を持った有償ボランティアなのです。国会には仕事を早めに切り上げて出席しなければなりません。

大工仕事の現場から作業着姿に首タオルの上手建夫が駆けつけてきました。

尾瀬はるかは農作業着姿に決まっています。とはいえ後述しますが、群馬国の農業は一大改革が進み、農作業着は有名デザイナーによるあまりにもファッショナブルなものに変わっていきましたから、スーツに身を固めるよりもカッコよかったりするのです。

本業がスーツ姿の証券ウーマン渡良瀬杏や、銀行員の尾島満徳は便利なことにそのままの服装でＯＫ。

伊香保彩はもちろん女子校の制服です。

スナック勤めの下仁田ゆずは、彼女にとって業務上の制服に間違いないであろう黒のノースリーブのミニワンピースです。これはちょっと目のやり場に困ったのですが、かと言って着替えてくれとも言えませんから、その上にジャケットをはおってもらいました。これでしっくりきますよね。

俳句仲間の集まりの途中で抜けてきた俳句作家の草津湯治が、和服姿で参加する日もありました。これはこれで、伝統衣装なのですから問題なし。

日本のように、男性ならスーツにネクタイが義務づけられるみたいなルールは、群馬国の国会にはありません。

肝心なのは、真剣に議論することです。

日本の国会のように、本会議での質問を官僚につくってもらった議員が、それを読み上げる。回答する首相や大臣も、官僚がつくった答えを読み上げる。

そんな政治ショーはありません。

群馬国では、政府側と議員側が忖度なしの本音でガチンコバトルを繰り広げる展開となったのです。年代もさまざまな議員たちが「身丈に合った」質問をします。必要以上に背伸びしたって、どこかでボロが出るからです。

これに何万人もの国民が傍聴という形で加わるのですから、盛り上がらないはずがありませんでした。

どの出張国会も例外なく「満員御礼」の垂れ幕が下がりました。

「おやおや、今日も満員御礼かいね。大相撲の本場所みたいだがね。にぎやかでいいやいねえ」

「国民にしても、単に聞いてるだけじゃないんさ。傍聴していて気になったことをその場で国会事務局のアドレスにメール送信すると、それを示された政府が壇上で回答するんだい。こんなやり方も取り入れたから好評だい。これが国民の政治参加ってことだいねえ」

「あの議員たちの格好がいいがね。大工さん姿の議員さんが国民の住宅事情を訴えたり、農業やってる女の人が食料自給率の向上を目指した具体策の必要性を取り上げたり。説得力抜群さね」

「女子高生のお嬢ちゃんだって頑張ってるよ。厳しすぎて時代に合わなくなった校則を全国的に何とかしようってさ。うん、あれはうちの娘もおんなじこと言ってる。国会で議論すれば、教育委員会も考えるかもしんねえぞ」

「あの、さっきノースリーブのワンピースだったお姉ちゃんの真っ白な二の腕にドキドキしちまった。惜しいなあ、長袖の上着を着ちまってるぜ」

「ああ、お前さん。そりゃセクハラ発言だ。不適切にも程があるぜ、ばか者。あのお姉ちゃんだって真剣に発言しているがね」

「議場を見てみないね。居眠りしてる議員なんかいないがね」

それに、議論の合い間合い間で休憩時間を取りました。この間はいろんな人たちの出番なのです。

群馬国には太平洋戦争直後に誕生した市民オーケストラの草分けとして知られる群馬交響楽団がありますから、その何人かが必ず国会に帯同していて、プロの音楽家による生演奏が楽しめるのです。

他にもいろいろあります。

路上ストリートライブを繰り返しているダンスパフォーマンス集団が、華やかなライブを繰り広げる。

オペラやミュージカルのステージも展開される。

国内各地のステージで歌とダンスを披露している群馬国公認の女性アイドルグループ「あかぎ団」が、若者向けのステージを熱演する。若者だけじゃなくて、大きなカメラをかかえた「追っかけのおじさんたち」も大勢います。

ちょっと渋いところでは、落語の高座もありました。群馬出身で群馬国籍を持ちながら、普段は東京など各地で活動をしている落語家の男女4人組「上州事変」のメンバーが演じる古典落語や創作落語。これは中高年以上の傍聴者には大好評です。

こうしたミニステージを挟みながら平日は夕方から深夜までが、国内各地で開催する出張国会となったのです。土日祝なら、朝から晩までです。

噂が噂を呼んで、会場に入りきれないほどの国民が詰めかけるような展開になりました。「満員札止め」ってやつですね。
もちろん当然のように、会場の周辺には大型スクリーンを配置。さらには国内のどこにいても
テレビ・パソコン・スマホで傍聴できるように整備してあります。
昔の日本のようにＮＨＫの国会中継だったら「退屈でつまらないよ。誰が見るっていうんだい？」となるところですが、群馬国民の国会への関心度は高まってゆく一方なのでした。

これまでの日本の政治の世界で考えれば、「素人」そのものでしかなかった人たち、議員も傍聴者もですが、そんな人たちが奮闘し始めたのです。

「自分には関係のないこと。政治家や役所の人がやること」と横を向いていた大多数の国民が、新しい国会の姿を見て、考え方が変わっていきました。

自分たちの国の今日をどう改革して、どんな明日に向かって設計図を描いて、一人ひとりがいかに走ってゆけばよいのか。

小中学生から高齢者までが、他人任せにせずに考えるような流れが、少しずつではあるものの、確実に生まれてきました。

群馬国民は、こうして政治への認識を改めるとともに、改めて政治参加の大切さに気づいていったのです。

「この調子で、国民の意識が高まれば、選挙という制度に戻す日も近いかもしんねえ。どの選挙も投票率が１００％になってなあ」

多くの人が、そうなふうに実感し始めていったのです。

そう、「群馬への悪口」に嫌気がさしたからではなく、この「金のかかる政治」「金権腐敗」「国民の政治意識の低下」などを抜本的に解決することが、独立の大きな目的のひとつだったわけですからね。

これらの問題を解決しない限り、本当に心豊かな国になんかならないからです。

シーン8

実は豊かな財源があるんさ

世界一幸せな国。

その条件を満たす要素ってなんでしょうか。

そう考えた時に、条太郎はできるだけシンプルに考えたわけです。

経済力も軍事力も、文化力も、スポーツも、なにもかも世界指折りという状況などつくりようがないじゃないですか。

「なにかひとつ、世界に誇れるものがあれば」

「これだけはよその国に負けない」

あるいは、

「この要素は胸を張って自慢できる。国民が安心して暮らせる」

そんなものがひとつかふたつあれば大きな力になります。なにせ人口200万人の小国なのですから、できることには限界があります。

「国民の安心のためにはなにが必要なのか」

条太郎は考えました。

どうしてもやらなければならないこと。これを最優先しようじゃないかと。

そこで考えた最優先事項とは、人として寿命が尽きるまで安心して暮らせる社会体制づくり。生きてゆくのに必要最低限の収入が保障される世の中ということです。

日本は未曾有の少子高齢化が進み、大昔の「人生50年」は、今や「人生１００年」になっていました。

なのに世の中は老後不安の声でいっぱい。

老後破産、年金破綻、貯金より投資、自助努力最優先。

そんな言葉で、当事者の高齢者もさることながら、将来の当事者である若者世代にとっても、老後不安は深刻な問題となっていたのです。

「公的な年金なんて僕らの時代にはなくなってるよね」

これが若者世代の口癖でした。

一部の大企業や超富裕層など恵まれた人たちが富を独占する。それ以外の大多数の国民は、老後不安にさいなまれる。

「そんな格差社会ならば、ぼっとかしたら、昭和の1億人総中流社会なんて言ってた時代のほうが暮らしやすかったんじゃないかねえ？」

「みんながある意味同じレベルで幸せでさ、同じレベルで苦労を分かち合ってさ。もっとも、これっておそらく幻想だったけどな」

「そうなんさ。だからまやかしはやめて、これっからは、世界一の先進国とか経済大国とかじゃあなくていいがね。ギスギスしていなくて、なんでもお金お金とか言わないでさ。でも国民一人ひとりは、みんな自分の価値観に合わせて幸せを実感する。こういうことなんじゃないかねえ」

「そんな社会のほうが、生きていて楽しいと思うんさ。人間らしいじゃないか」

そんな世界一の成熟安心国家をつくる。これが一番の目的になる。

そう考えたわけですよ。

人間いくつになっても普通の生活に必要な最低限の収入が保障される。安心して生きてゆける。70代、80代、90代の人たち。まあ元気な人もいますが、体力的な問題でバリバリ働けるという人はそう多くはないでしょう。やはり公的な年金の支給という大きな課題があります。

ということは、財源問題ですよね。

令和になった頃の日本では、国のリーダーたちが「公共よりも、国民各自の自助努力を」などと、寝ぼけたことを平気で口にする有様でした。

バカを言ってはいけません。「自助努力」を最優先させることは、国の指導力を放棄しているということじゃないですか。

これには条太郎はじめ、多くの人が腹を立てていました。

「国が積極的に自国民の人生を支える。寿命が尽きるまで心豊かな人生を送れる社会をつくり上げる。これをせずして、なんの政治なんかいね」

これは、群馬国首脳の合言葉になったのです。


その点で実は群馬国には、表立っては知られていないものの、驚くべき財源があったのです。

「実は、独立前から日本国の大手企業が、こぞって群馬に本社を移転させ始めていたんさ」

条太郎が、財務担当大臣の六合あづまにつぶやきました。夫と子どもがふたりの専業主婦であるだけに、六合にとってはうってつけの役割だったかもしれません。なに、昔から「妻」のことを「大蔵大臣」「財務大臣」なんて言い方をしてきましたし。


最初は群馬に「水面下で本社機能を移転させる」企業が相次ぎました。

通信会社や鉄道会社がその始まりでした。

なぜか？　条太郎が言います。

「それは地震列島日本という現実への対応だったんさ」

近い将来、確実に発生すると言われる南海トラフ大地震や、首都直下大地震。

南海トラフでは大地震や津波によって、中京圏、関西圏、四国、九州で壊滅的な被害を受けることが懸念されているのです。首都直下では東京中心に神奈川県、千葉県、埼玉県の日本国首都圏四地域で同様の危機が叫ばれています。

なのに、特に大都市の人たちは、やっぱり大都市にすがるという価値観があるのでしょう。表立って群馬へ移転という声を上げることはありませんでした。

「群馬かあ。都落ちだよなあ」

そんな気分であったかもしれません。

「でも現実には、安全対策上、群馬という地域の環境が持つメリットに注目しなければならなかったんさ。過去長期間にわたって地震や台風災害のない群馬。もちろん、地震列島だから、どこで大きな地震が起きるか分からない。でも、群馬の場合は津波の被害がないということだけははっきりしてるからなあ」

社会機能や交通流通網が壊滅的な被害を受けるであろうことが予想される大地震が起これば、大企業にとって企業自体の生死を分けるような事態に陥ります。

そんな企業の生命線を担うデータや財産を確実に守りたい。安全な地域に本社を、そしてデータベースを確立させておくことで、災害後の復興も容易になるはずです。

そう判断した大企業が、群馬国内に本社を移してきたのです。

そこから、46都道府県、全世界へのネットワークを維持する。そんな方向にシフトしたわけです。


「本社が群馬に移転したから、そういった企業の莫大な法人税が群馬国に入ることになったわけだ。だからさ、群馬国はその豊かな財源を、国民の年金システム充実や高齢者の住宅環境アップなどの重要課題に投入できるってことなんだいねえ」

これは、国の自立にとって大きな武器となりました。

「今の年金システムでは、老後生活が成り立たない」

そう悲鳴を上げる日本国民を横目に、群馬国民は安心した老後を送れるようになったのです。

老後の最低限の生活費が保障される。簡素ながらも日々の衣食住に不自由することがない。人としてこれに勝る安心感ってあるのでしょうか。


老後が安心ということは、若者世代にとってもおおいなる安心感を手にしたということです。

「今の若者が高齢者になる頃には、老齢年金なんてもらえなくなるんじゃないんかいねえ?」

「将来が不安で、結婚なんか考えられないんさ」

「結婚したけれども、子どもをつくるなんて夢の夢だいねえ」

そんなふうにうつむいていた若者世代が、将来への不安が払拭されたことによって、背筋を伸ばして、前向きに生きる気概を手にしたのです。

「恋愛にも、結婚にも、もちろん日々の仕事にも積極的になってるんさあ。こんなふうに、老いも若きも『ささやかな幸せ』『ささやかな安心感』を手に入れる。そんな国になりつつあるわけだいねえ」

「そうか。条太郎さん、そういう隠し玉があったってわけさねえ」

六合の言葉に、姿を見せた首席補佐官の三本木峰二香が口をはさみました。

「ねえねえ。財務担当大臣なんだから、そんな基本は理解しておいてもらわないといけないわよ」

「あれえ、そうかいねえ。ハッハッハ」

二児の母は豪快に笑い飛ばします。

「ところで結婚っていえば、三本木さんって独身？　誰かいい人いないの？」

「なかなか……ねえ。出会いが少ないのよ」

「条太郎さんはやもめだけど、親子くらい歳が違うかんねえ。こりゃあ、却下だ」

「おいおい、六合さん。若い女性をからかっちゃあまずいがね」

条太郎の言葉に、三本木が口をはさみます。

「私は、条太郎さんでもいいんだけどね。でも今は独立した群馬をどう動かすかで、結婚どころじゃないわよね」

「アハハ、条太郎さん、ふられちゃった」

たまには、こんな笑い話もいいものです。

「ところで、三本木さんって、苗字からして藤岡市の出身なんかい？」

「祖母は若い頃に東京で仕事をしていたらしいですよ。驚いたけど、探偵事務所で事務をしていたんですって。面白いでしょう。でも、イケメンだったその探偵さんにふられて、郷里の群馬に帰ってきて、藤岡市にいた三本木さんっていう男性と結婚したんですって。ああ、私の祖父にあたる人ですね。ふたりとも他界してますが」

「へえ。探偵事務所勤めかあ。おばあちゃんの名前は？」

「さち子って言います。探偵さんはアヅマさんとかニシさんとか言ってたなあ」

峰二香の言葉に、一瞬驚きの表情になった条太郎。

「ええ？　さち子さん、ですか？　もしかしたら、あのさち子さんの孫娘かあ？　そういやあ、気が強いところは……」

自分だけに聞こえるくらいの小さな声でそう言った後は言葉を濁して、すぐに横を向いた条太郎。

なんかあるのかなあ……。

でも、さち子さんが東京で働いていたのは、１９６０年代の何年からしいのです。つまり昭和30年代の終わりから40年代はじめということです。東京オリンピックが開かれ、東海道新幹線が開通するなど、華々しい時代でした。

条太郎は62歳だから、その頃に生まれたわけです。さち子さんと知り合いのはずがないし……。

シーン9
高齢者へ「あんたが出番だがね」

話は高齢者問題に戻ります。

もちろん、人間にとっての「心豊かな暮らし」とは、生活費の安定だけではありません。なによりも「生きる張り合い」、つまり「生きがい」がなければ、漫然と日々を送っていても楽しくはありません。

高齢者にとって「プライドを持てる出番」と「多くの人とふれ合える居場所」。これが社会全体で確保されているかどうかが、最も大切な高齢社会対策なのです。

高齢者の多くは、仕事をリタイアしているのですから、現役時代よりも時間がたくさんあります。

体力は若い頃に比べれば落ちています。ルックスだって、それなりに衰えます。もちろん「顔に刻まれた笑いジワね。あれがいいんだよ、人としての深みを感じるから」という言い方もありますが。

安心して暮らせる環境づくり、しかも超高齢社会での話です。いくつになっても安心して暮らせる収入があるとともに、高齢者が「あんたが出番だがね」と言われる環境が欠かせません。

群馬国政府発足直後に設置された高齢対策委員会の議事録があったので、のぞいてみました。60代以上を中心に男女15人ほどが集まっての委員会でした。

まずは、国会議員の中でも最年長の70代、坂東太郎が口火を切りました。

「私のまわりでも『毎日やることがなくってつまらないんさね』ってこぼす人たちばっかりさ。会社員でも自営業でも公務員でも、仕事辞めたとたんにみんな老け込んじまって。困ったもんさ。現役の頃はそれなりにまわりに頼りにされていたんだけど、それがなくなった時のつらさっていったらさあ。私自身、身にしみてたんさあ」

たしかに男性はそんな感じですよね。その点女性は強いのです。

「ああ、それって男の怠慢ね。あたしのまわりの男の人も、勤め先の肩書がなくなったら、とたんに引っ込み思案になってねえ。女はそうじゃないのよ。仕事を持ってる人だって、あたしみたいな専業主婦だって、みんな自分の世界を持ってるからね。いくつになったって元気なのよ。熟年離婚なんてみんな女のほうから言い渡す話だしね」

主婦の六合あづまは、手厳しい口調です。

「とにかくだね。男女どっちにしたって高齢になったら『出番』と『居場所』だよなあ。いくつになっても『あんたが出番だがね』って声がかかるような環境なら、楽しいじゃないかね。俺は60代になってるけど毎月句会があるからさ。そのための準備や俳句の勉強で忙しくって、出番ばっかりなんさね」

草津湯治みたいな人ばかりなら問題はないのですがね。

「だからよお。問題はその出番だがね」


これから先は、委員のみなさんの発言要旨です。率直な意見といえば、たしかにそうです。

「小中高校や大学で、授業の教師をするってのはどうかねえ？　教師っていったって、学問を教えるんじゃあねえよ。人生何十年も生きてきたんだから、その経験が大切なんさ。人生の浮き沈みとかね、断崖絶壁に立ったことがあるとかさ。そこからどうやって立ち直ったかみたいな話って、子どもの心に響くんじゃないんかい？　こらあ現役の学校の先生にはできないんさね。これができるのがリタイア世代ってわけさ」

「それ、いいかもしんねえ。なにしろ学校の先生は忙しくてさ、学問を教えるのに精一杯で、人生をどう生きるかなんて教えられねえだんべ？　若い先生なんか、自分でどう生きることがいいのか迷ってる世代だからね。もともとそんな人生論なんざあ教えるのが無理なんさあ。そこが年寄りの出番ってえわけじゃねえかい」

「おお、人生の失敗体験を語るってことかい？　それなら俺だってできるかな。振り返れば、失敗ばっかりの人生だったからなあ」

「その失敗がいいんじゃねえんかい。長い人生、二度や三度の失敗でへこんじゃあいられねえさ。そこから這い上がるのが人生ってもんさね」

「今時の大学では、そういうのをレジリエンス教育って言うらしいわよ。近所の大学の先生が言ってた。失敗から立ち直る力を養う教育ってことだって」

「そうなんさ。今は若者を怒らない世の中になってるじゃないかね。学校でも、職場でも。だから人間がどんどん弱くなっているんさあ。一度失敗して転落したら、もうそれっきり。そんな風潮があるわよね。でもそれじゃあ人生が楽しくない。倒れても倒れても立ち上がる立ち上がる。これでなくちゃさあ、女も男も」


「あのね。あたしは、子ども食堂の炊事ボランティアに通ってるのよ。経済的に困っている家庭の子が食事をする、あの食堂ね。そこを、子どもだけじゃなくて、いろんな世代のみんなが集まる場にしたら楽しいと思いませんか。みんなが手伝いにくるんさ。食堂だからって料理ができなくたっていいんだよ。下働きをしてもらえれば。炊事の準備や、後片づけ、洗い物。室内の掃除や庭仕事。なんでも仕事はあるじゃないの。頼りにされるよ、きっと。それに結婚してからお茶一杯いれたことがないなんていう男どもに、ジャガイモの皮むきをしてもらったら、『楽しい、楽しい』って、料理にのめり込んでるわ」

「子ども食堂だけじゃないんさ。世の中、福祉施設ばっかじゃないかね。老人ホームでもデイサービス施設でもさ。そういうところのお手伝いをするっつうのもいいかもしんねえ。掃除でも、話し相手でも、なんでもいいがね。人手が足らねえんだからさ」

「ひとり暮らしの高齢者は増える一方なんだから、人と人とが言葉を交わせる場がいいやいねえ」

「本物の家族じゃなくたってさ、『そこに集まるみんなが家族だ』っていう雰囲気にしたいやねえ」

「そうなんさ。『あんたが出番だがね』って言ってくれる場所はいくらでもあるんだよ。ほとんどの人たちは、恥ずかしさもあってなかなか出向けないじゃないか。だから、その雰囲気を改善しようよ。地域の高齢者にまわりの人間が声をかけるんさ。『遊びにきてよ』『手伝いにきてよ』『頼りにしてるからさ』っていうふうに引っ張り出すんさ」

「そうなんさ。福祉施設訪問でも、歌や楽器演奏、マジックなんかの特技のある人は、気軽に行けるがね。でも、なんの取柄もない、つまり普通の人は訪問するきっかけがないんさ。だから、雑用の手助けが大歓迎されるんなら、誰だって気軽に行けるがね。みんながそんな考えになれればなあ」

「小学校の登校時間に校門の近くに高齢者が集まってね、『元気に行ってきてね』『楽しく勉強してきてね』って声をかけるボランティアでもいいじゃないの。よく、毎朝公園でラジオ体操をしている人たちのようなものよ。こんな活動ひとつだって、体調管理にもなるし、子どもたちの笑顔を見るのが楽しいから、精神衛生上もいいわけよ」

「お互いに声をかけ合わない、そんな嫌な社会にいつの間にかなっちまったじゃないの。これが問題かな。大都会の雑踏で声をかけ合うわけにはいかないけどね。自分が暮らす住宅地域なら、行き交う人もそんなに多くないし、知らない人にでも『こんにちは』のひと言をかけてもいいじゃないの」

「そうそう。この間ね、小学校の近くを歩いていたら、下校中らしい知らない女の子にすれ違いざま『こんにちは』って言われて、こっちが戸惑っちゃってさ。慌てて『こんにちは。学校から帰る途中ですか』って、もごもごと言うのが精一杯だった。大人としては恥ずかしいよね。でもこの子の親か学校の先生か知らないけど、いい教育をしているなって感じたよ」

「もっとすごいことがあった。車を運転中に目の前の横断歩道を渡りたがって立っている小学校低学年らしい小さな女の子がいた。こっちが横断歩道の前で一時停止したんだ。その子がこっちを見ながら笑顔で渡った。渡り切ったら立ち止まって振り向いてペコッとお辞儀をしてくれたんだ。それだけじゃないんだよ。お辞儀の後にこっちを見てなにか叫んでいるんだ。口の形で分かった。『ありがとう』って言ってくれたんだよ。うれしくて涙が出ちまった。年をとると涙腺が緩んでいけないよね。これもきっとその子の親のしつけだなあ。そこんちの家族の笑顔が浮かんでくる思いがしたよ」

「そうなんさ。そういう世の中に戻していけばいいじゃないか。ずっと昔はそんな雰囲気だったよね。そういう素晴らしい文化というか伝統というかさ。そんなものをどんどん捨ててきてしまったじゃないか、日本の社会は。群馬国はこれを取り戻すんさ」

「私なんか、道に迷って困ることがよくあるのよ。あたりをキョロキョロ見回したりしてさ。そんな人って多いじゃないの。これも今の世の中だと、『挙動不審者』っていうことになっちまうがね。警察に通報されたりしてね。おかしいじゃないの、『人を見たら泥棒と思え』みたいなことを世の中の常識にするなんてさ」

「その通りだいねえ。不安そうにキョロキョロ見回している人がいたら、『ああ、この人は道に迷っているのかもしれないなあ。助けてあげなきゃいけないなあ』、そんな心配がまず浮かぶような人間社会にしなきゃなんめえ」


「ひとり暮らしで、体が不自由な高齢者って多いがね。可燃ゴミや不燃ゴミを収集場まで持っていけないよね。これだってさ、隣近所に住む人が声をかけるような世の中にしたいと思わねえかい？『明日はゴミ収集の日だから、ゴミ袋を玄関前に出しておいてよ。うちのゴミと一緒に収集所に持ってぐからね』という具合にゴミ出しをしてあげればいいだけの話。ついでにそのひとり暮らしの人の様子も分かるじゃないか」

「昔は、どこにでもあった、地域社会のぬくもりの復権ってわけかいね？」

「その通りだい」

「そうやって、高齢者になったからこそ、『あんたが出番だかんね』という環境をつくり上げたいわけよ。人間だから年をとれば体も弱くなるし、病気にもなる。でも『病は気から』って言うじゃないかね。高齢者にとっての出番を確保する。今が出番なんだよという気分を盛り上げる。そんな生きがいを手にできれば、体だっていつまでも丈夫じゃないのかな。病気のほうから逃げてぐかもしれねえよ」

「そうやって、健康寿命を伸ばすことが、一番大切なことに違いない。今、群馬国や日本の状況は、平均寿命・健康寿命ともに世界最高峰なんだけれども、日常生活で自立できる健康寿命は、平均寿命に比べて男女とも約10年も短いんさ。このギャップを埋めれば、世界中のお手本になるはずだがね。『群馬は世界一の高齢社会で、世界一の成熟社会だ』っていうふうにさ」


委員会の進行を坂東に任せて、委員たちの議論のウェブ中継を見ていた条太郎は、大きくうなずきました。

「これまで日本の政治や行政は『超高齢社会というお先真っ暗な課題をどうする』って寝ぼけたことを言ってきたからなあ。人生を豊かにするには、いくつになっても出番だよ、出番。これが閉塞社会を打ち破る突破口だいねえ」

さあ、委員たちの熱心な主張に対して、具体的に肉づけしてゆくのは、条太郎たち群馬国政府の仕事です。

「生き物だから体力は年々衰える。だからこそ、その分をコンピュータやAIをうまく使って補いながら、人間の基本である『気力』を可能な限り高めるんさ。『世界一の成熟社会になるんだから』か。そんな心意気で進んでいけば、僕たちは間違いなく世界のお手本として、先進国中の先進国になれるってもんさね」

シーン10

「食料自給率100%」でなきゃあ国と言えねえ

超高齢社会への対応に続いて、みんなが幸せに生きるためにはなにが必要でしょうか。

生活の基本としては、衣食住の確保があります。

この三要素は、生きてゆく上でなくてはならないものです。

どれも豪華なものが手に入れば、それはそれで楽しいことかもしれませんが、必要以上にぜいたくをすることが、人として幸せなこととは思えません。

シンプルな衣類、雨露をしのげる簡素な家。質素だけれどもバランスのよい食事。これが幸せの基本なのではないでしょうか。

「ところが戦後の日本社会はどうだったんべねえ？　衣食住の中でも一番肝心な食、つまり食料自給問題について、ひたすらおろそかにしてきたじゃあねえかい」

条太郎だけではなく、誰もが痛感していることです。

「日本は国土が狭いし、特に平野部が少ない。先進国だし、食料生産は国土の広い発展途上国に任せればいいじゃないか。そこからいくらでも輸入できる。それは発展国の支援にもつながる」

日本の政治や行政はそんな理屈を真正面から掲げて、国内での食料生産体制をひたすら衰退させてきた歴史があります。

「補助金を出すから、米をつくるな」

あまりにもバカげた「減反政策」ってやつです。人の命を守る食料生産という崇高な使命感を持つ農民に「作物をつくるな」だと。その挙句に多くの農地が栽培放棄地となって、日本の豊かな田園風景がどんどん失われていきました。

「それが食料自給率40%を切るという悲惨な状態を招いたんさあ。先進国などと言われる国々の中で（なにが「先進国」なのかはさておき）、突出した食料自給率の低さじゃないかね」

日本の社会は、大変な考え違いをしてきたのです。条太郎が周囲に強調します。

「食料が不足したら、そして仮に不足した分の食料が外国から入ってこなくなったとしたら、僕らはどうしたらいいんだろうかねえ。深刻な気候変動や戦争、あるいは紛争、そういった理由で、農業大国である外国から日本に食料が入ってこなくなる事態は、簡単に予想できるがね。食料品は国家的戦略物資なんだからよお」

「外国から入ってくる食料が減ったから、国内で増産すればよいではないか」

それは無理な話です。

これが農業以外の分野であれば大規模工場による増産体制を取ろうということで、もしかしたら解消できる問題かもしれません。

ところが戦後80年近くにわたって、ひたすら農業を衰退させてきた日本では、農業再建はとてつもなく大変なのですよ。

「担い手である農家がいないからなんさあ。農業というものを産業として成長させてこなかったんべ。いったい誰がそんなことを考えたのか、どんな哲学で続けてきたのか分からねえけど（戦後の政治史などを振り返れば、分からないでもないのですが）、農業を魅力のある職業に進化させることに背を向けてきたんさ、戦後ずっと。その象徴が、食料自給率40％割れという現実なんだいねえ」

食料生産に必要な肥料や飼料も、「国外頼り」という状況から考えれば、「自給率は実質的に10％を切っているのではないか」という主張もあります。

妙に説得力がありますよね。


さあ、こんな状態で仮に食料危機が起きたらどうなるのでしょうか？　言うまでもなく「食べ物の奪い合い」という事態が起こります。

ほんの80年ほど前、日本中の国民が経験したことじゃないですか。

大都会のお金持ちがぜいたくな衣類やアクセサリーを農家の人に差し出してわずかな食べ物を手にする。

そんな時代が現実にあったわけです。

大金持ちならばそれでなんとか生き延びられるかもしれません。

でも大部分の国民はお金がないのですから、必要な食べ物が手に入りません。

だから奪い合いになるわけです。

古くは半世紀前のオイルショックでの、トイレットペーパーやティッシュペーパーなどの紙製品の奪い合い、あるいは買い占め。

２０２０年からの世界的な新型コロナウイルス禍では、マスクの超品不足による買い占め問題。

「深刻だったけどさ、どっかで笑い話みたいにとらえていたがね。これが、同じ国民の中で暴力による食べ物の奪い合いが起きたら、間違いなく地獄絵図さあ。殴り合い、その果てには命の奪い合いが起こるかもしんねえ」

坂東太郎は、条太郎の言葉に深くうなずきました。

「条さん。ぜいたくな衣類や豪華な住宅がなくても人は生きていけるんさ。でも食べ物が一週間なければ、おやげねえどころじゃねえ。間違いなく死んじまう」


かつての食べ物が乏しい時代を考えましょう。

10年とか20年前とかいう話ではありません。１万年前以上の大昔という話です。

人間は野生の麦や米を「食べられるのでは」と直感しました。穀物食の始まりですね。その後に、稲作や麦作を考えついて、農業として広げていった天才がいました。

そうやって長い間、人間はひたすら穀物を食べて命を保ってきました。

米や麦、あの小さな穀物。その粒にはとてつもなく豊富な栄養が詰まっていたのです。

今の社会の暮らしのように、豪華なおかずが食卓に並ぶなどという光景は、長い人間の歴史からすればごくごく最近のことでしかないのです。

高温多湿の米食文化圏である日本にとってみれば、ぜいたくな食卓ではなくても、ひたすら米を食べることで、命を保つことができたわけです。

豪華で美味しい肉や魚の料理がないとしてもですよ。ややそっけない野菜の煮物や漬物、それに米飯があれば、ともかくは生きていけるのです。

だから日本人にとって米飯は「主食」であるわけです。神様が宿る特別な存在なのです。

「米を1日に6合半食べれば人の命は保てる。それくらい豊富な栄養が詰まっている」

そんな言い方があります。

いざ、なんらかの理由で食料危機が起きた場合、米の確保というものが最大の課題になるわけです。

それなのに戦後の日本は、農家に対して「お金を出すからお米をつくらないでね」、そういったバカげた政策を取り続けてきました。国民を食料危機に誘導してきたと言ってもよいでしょう。

だからこそ、独立した群馬国においては、食料自給率100%を目指すことが、国民の最大の幸せにつながることだと考えられたのです。

幸いなことに、旧群馬県は、昔から屈指の農業県でもありました。

県土の面積の三分の二は森林であるとはいえ、南部は関東平野に位置して、豊かな農地が広がっていました。米も麦も野菜も、良質のものが生産できていました。山間部にしても、コンニャクやキャベツをはじめ、さまざまな野菜が生産されていました。

そういう農業大国としての下地があるのです。

「２００万国民の食卓を賄う食料生産を、自国内で完結させねばなんねえ」

「自給率１００％を目指すべえ」

この目標は無理のないものだったのです。

もちろん、各農家の家庭内労働的な生産体制から、企業的大規模生産体制への転換が欠かせませんでした。その転換、つまり自給率向上への取り組みは、農業を魅力的な産業へと進化させる絶好の機会になったわけです。


かつての農業は、魅力的な職業とは見られていませんでした。

「生き物を相手にする仕事だから３６５日休みがない」

「1日に8時間労働だなどという決まりもつくれない」

「収入が少ない」

「泥や汗にまみれて格好悪い」

「異性にもてない。結婚相手に恵まれない」

そんな古い農業にこびりついていたマイナス要素を、ひとつひとつはがしていったのです。

「農家をさ、国家公務員にしたらいいんでないかい？　それでねえ、きちんと労働時間を決めて、休みも決めて、夕方から夜は交代制のシフトにしてさあ。耕作放棄地は全部国が借り入れて、今農業やってる人も、跡取りがいねえ人が多いから、その田畑も借りるんさ。そうやって、大規模農業ができるべ？」

「おお、それって、大昔のソ連がやってた『コルホーズ』と『ソホーズ』ってやつかいねえ？集団農場と国営農場だいねえ」

「まあ、似てるっつうか、似てねえっつうか」

「農業公社とか農業法人をもっとでっかくしてゆく手もあらいねえ」

「でもなあ。コルホーズん時は、スターリンにさからうとシベリアに送られたがね。まさかそんなことは起こんなかんべねえ？　水上温泉の奥の奥の藤原に収容所があって、そこに送られたりして……。あそこは日本列島ナンバーワンの豪雪地帯だから、つらかんべ」

「馬鹿なことを言うない。スターリンは戦前の話だんべ。今は21世紀だがね。民主的でスマートな集団経営をするんさ」

「でもよお。大統領の条太郎さんの顔がスイッチひとつでスターリンに変わったりしてさあ」

「ロボットじゃああんめえし。そんなのあるかい。スターリンっつえば、昭和の二枚目俳優の岡田眞澄に似てねえっきゃあ？　関係ねえけど」

「冗談はともかくよお。実際に食料危機が起きて、80年以上も前の悪夢の食料配給制なんて事態にならねえためには、農業の建て直し以外にないかんね」

こんな議論から始まった群馬国の「農業再生による食料自給率100%計画」は、着実に進んでいったのです。

きわめて発達した農業機械、さらにはファッショナブルな農作業着。決められた勤務時間と豊かな休日日数。整った賃金体系。

まさに産業として高度化したわけです。

農作業着のデザインは、大手デザイン会社にオーダーしました。スッキリ・シャープなもの、周囲の目を引くカラフルなもの……、毎日違う作業着で田畑に出られます。

サラリーマンが男女ともに、毎日違う服で出社する。だから、夕方、急にデートになってもオシャレ的に問題なし。そんな感覚の農作業着ですね。

その洗練されたデザインから、東京をはじめ、ニューヨークやパリを歩いていてもしっくりくることでしょう。

泥や汗まみれになるのが惜しいほど。

でも、群馬の農業青年男女に言わせれば、その泥や汗がよいのだそうです。

「土や水と語り合いながら、額に汗して働くのがカッコいいんさ」

若い男性も女性も、もちろん周囲の人たちも、そんな価値観に変わっていきました。これこそ、人としての真っ当な価値観です。

この価値観の転換には、群馬国政府によるイメージ戦略が奏功しました。

参考になったのは、ユニクロ、しまむら、ワークマンなどの衣料販売各社の「ブランド化」戦略でした。

農家の尾瀬はるかは、そのことを言い出したひとりです。

「だってさ。あたしらが子どもの頃なんて、ユニクロは質素な店だったじゃないかね。しまむらはおばさんだけが入る店さね。ワークマンは、だっさい農作業着が並んでいてさ。こういう店で買い物をしている時は『どうか、知り合いに会いませんように』って祈りながら、サッサと買い物を済ませたもんさあ」

そりゃあ、昔はそうでした。

「ユニクロのイメージ戦略ってすごかったよね。値段は安いままなのに、着ているモデルは藤原紀香だの綾瀬はるかだのって、ナンバーワン女優を起用したじゃないか。『ユニクロの服を着るとお金をかけずに紀香やはるかになれる』『ユニクロファッションって、なんてカッコいいんだろうね』って今や常識だもんね。しまむらもおんなじさね。おばさんたちが行く店だと思ってたら、今は若い女の子でいっぱいさ。ワークマンだって、ファッショナブルなこと。うちのお父ちゃんなんか『かっこよすぎる服で、俺なんか着らんねえやい』だかんね」

三本木峰二香が「その通り」という顔をします。

「イメージ戦略なんですよ、現代は。同じ洋服でも、みんなが『ダサいなあ』と思い込めば人気が出ないし、『このファッションはいけてる』『カッコいい』という情報が広がれば、みんなが『いいじゃん！』って思い込むんですよ。ユニクロやしまむらは上手でしたよね。これを活かさない手はないですよ」

そういうものなのでしょう。

大工の上手建夫がつけ加えました。

「俺ら大工職人やお百姓さんが、頭にタオルを巻くじゃないか。まあ、昔っからみんなそうしてたいねえ。あれ、女房や子どもたちからは『カッコ悪いから、やめてよ』『きちんとした作業帽子をかぶればいいのに』なんて言われたもんさ。でも、なんかのテレビドラマで建築士役のキムタクが同じように頭にタオルを巻いていたことがあったんべ。そしたら、女房も子どもも、まわりの人たちも『あれ、カッコいいね』だとさ。女房なんか『あんたも頭にタオル巻いたら、キムタクに近づけるかもね』だとよ。これもイメージ戦略だいねえ」

そんな番組、ありましたね。

だから、農作業着について、男女とも一流のデザイン事務所にオーダーして、ファッショナブルなものを開発してもらいました。それをイケてるルックスの俳優とかモデルの男女がカッコよく着こなしている動画をつくって、ネットやテレビで一気に流したのです。

ファッショナブルな農作業着を着た大勢の若者たちが、全身汗まみれになりながら笑顔で田畑を駆け回る。農業に励む男女が、雨の中を、雨上がりの虹の下を、手をつないで語り合う。お互いの瞳が輝く。

「農業って、なんてカッコいいんだろう」

こんなイメージを群馬国中に広げたわけです。

「男は、新田真剣佑か、眞栄田郷敦じゃないの？　横浜流星もいいんじゃないかなあ？」

などと伊香保彩。

「ふたりは、あの千葉真一の息子だよね？　カッコいいよねえ」

劇団の座長・迦葉あかりは、さすがに詳しい。

「女は、広瀬すずちゃんさ。今田美桜ちゃんも捨てがたいねえ」

大学生の桐生優悠は、福岡県出身の今田美桜に群馬弁をしゃべらせたいと言います。

「うーん。名前が挙がった俳優の顔が思い浮かばない。テレビドラマ見ないからなあ。ああ、千葉真一はキーハンターだったたっけ？」

ごもっとも。坂東太郎は70代ですからね。

別の意見も出ました。

「その人たちは、今や外国の俳優さんだがね。そんな人たちを使わなくても、群馬国内の若者を使ったらよかんべ？」

「国内国外はどっちでもいいがね。今までだって、日本のＣＭにハリウッドの俳優が出るなんざあ、普通のことだがね」

「そうそう。アーノルド・シュワルツェネッガーがやかんを振り回してたりしてさ。あれは笑った」

「じゃあ、なにか？　ジュリア・ロバーツに田んぼで田植えをしてもらうんか？　ギャラが高けえぜえ」

「『プリティウーマン』かあ、古い古い。せめてエマ・ワトソンにしようよ」

こんな議論の末に、農業改革プロジェクトが組み立てられていったのでした。


ともかく、この戦略はうまくいきました。

企業的経営が中心になりましたから、昼休みだって、町中の病院みたいに2時間たっぷりとれます。

大都会の会社のように、自分の席で冷えた弁当をつっつくのではありません。

豊かな自然の中なのです。

農場周辺の清流の脇、美しい湖のほとり、広がる草原の真ん中。見上げれば一点の雲もない青空……。そんな恵まれた環境が、日々のランチのためのレストランなのです。

握り飯と味噌汁、たくあんでもOKですが、田んぼの脇で火を起こして、パスタをゆでてもいいでしょう。土手で引き抜いたノビルと、持ってきたベーコンを炒めてペペロンチーノ。河原に大きな鉄鍋を持って行ってパエリアを炊いてもオシャレだなあ。


農家は自宅の敷地が広いから、それぞれの家の庭もランチタイムはゆったりしたレストランのテラス席に変身。もちろん、真夏や真冬、あるいは天気が悪ければ室内で。仲間の笑顔と弾んだ声の中でのランチ。そして、夜はディナー。ぜいたくな料理がなくたって、その空間そのものが「ぜいたく中のぜいたく」なのです。

こんな環境って、ほかにあるでしょうか。

雰囲気がよいから、友情も深まる。恋愛感情をいだく男女も次々に。おお、結婚に結びつくかもしれないね。

豊かな自然の中でランチを楽しむ「カッコよさ」を満喫しながら、人生を充実させていくわけです。こんな「人間本来の、まっとうな価値観」を心に秘めていたのが、ほかならぬ群馬人だったのです。

こういう暮らしが「人間らしい」というものに違いないのです。


下降の一途だった新規就農者数も、群馬国では飛躍的に向上してきました。

カッコいい農業にあこがれた若者が、就農に目を向けてきたからです。学生の就職先としても注目されるようになりました。「今の日本に疲れた」という46都道府県の若者も「群馬国で人間らしい暮らしをしたい」と移住者が相次ぎました。当然、群馬は全面受け入れです。永住へ向けて、帰化してくれても大歓迎ですよ。

予想外のうれしい展開もありました。

いわゆる「接待を伴う飲食店」という言葉がはやったことがありましたよね。２０２０年からの新型コロナウイルス禍がきっかけです。そんな夜の仕事に励んでいた女性、そして男性もが「太陽の光を浴びながら仕事をするのが、人間本来の姿だ」と目覚めて、群馬に入ってきたことです。

おしゃれな服と化粧の世界にいただけに、昔流の農業だったら見向きもしなかったでしょう。ところが、あまりにもファッショナブルな作業着で、ファッションショーのランウェイをさっそうと舞うように、田んぼの土手を駈けるのです。お化粧直しに農作業を中断してもＯＫです。ドンペリもない、シャンパンタワーもない。同時に「この後、アフターにつき合ってよ。いい寿司屋があるんだ」などと下心見え見えのお客さんとの空虚な会話と腹の探り合いもない。

豊かな緑の中でおにぎりをほおばり、お茶で喉をうるおすという「本当の豊かさ」に惹かれてしまったのです。だから、群馬国内のＪＡや農業法人、ハローワークには「群馬で農業をしたい。雇ってくれるところはありますか？」という問い合わせが絶えなかったのです。もちろん、食料自給率１００％を目指す群馬は、積極的に受け入れました。

田畑で生き生きと働く若い女性が急増したのですから、国内の男性たちも自然と農業に目を向け始めました。

ニートやフリーターだった男性も、最初はきれいな女性目当てでしたが、そのうちに土と生きる日々に魅了され、本気になって農業の腕を磨くようになりました。

中には「得意技を生かそう」とばかり、広い農家の離れをリニューアルしてキャバクラみたいな店を開く女性もいました。これは、まあ、ご愛嬌の世界ね。

日本列島からだけではありません。世界各国で暮らす人も、苦難にあえぐ難民も、群馬での暮らしを望むようになりました。もちろん、一も二もなく大歓迎です。

そうやって群馬国における食料自給率は１００％をはるかに超え、国外に輸出するまでに至ったわけです。

「食料が自給できる環境こそが、安心して暮らせる社会づくりの土台である」

そういう基本原則を、46都道府県の人たちに改めて気づかせることにつながったのです。

こんなふうに、群馬国の取り組みは順風に見えました。

でも、こうした「改革路線」を快く思わない層が、日本には当然存在していたのです。そんな勢力からの「群馬国攻撃」が始まったのは、ある意味当然のことだったのかもしれません。

シーン11
独立維持へ、大都市連合と闘わねば

もちろん、群馬が国として独立宣言したことに対して、ほかの46都道府県が素直に賛成したわけではありませんでした。


「ひとつの小さな県が、単独で国になんかなれるはずがない」

「経済的にどうやって自立するんだ」

「外交や防衛はどうするんだ」

「治安だって守れなくなるよ」

最初の頃はこんな批判ばっかりでした。独立したとはいえ群馬国民だって、全員が全員、確実な将来展望があったわけでもなかったのです。

でも、みんなが前を向いていました。

「群馬がむやみやたらと独立したいわけじゃあねんさあ。今のままの日本では、行き詰まるだけじゃあねえっきゃあ。だから『抜本改革その1』をやりたいんさ」

「このままじゃあ、子や孫に胸を張れないよなあ」

「国を建て直すチャンスだんべ。そのきっかけづくりなんさあ」

そんな必死の想いが、200万人を突き動かしていたのです。


さて、いざ独立してみると、政治や行政や経済などが思った以上にスムーズに前進しました。

ただ、こうなると、群馬に近い東京都、神奈川県、千葉県、埼玉県という大都市圏、いわゆる首都圏4都県が黙っていられなくなりました。


長い間、群馬をはじめとした北関東3県を見下していた首都圏の住民たち。見下す相手、これ、学校のいじめ問題にたとえれば、いじめる対象ですね。その一番のいじめられっ子であった子が、「君たちとは関係ないさ」と突然教室からいなくなってしまったのです。群馬の独立はそんな状況なのです。

いじめっ子たちは、どうしてよいやら分からなくなってしまったのでした。

そんな戸惑いや不満は、ある分かりやすい行動に結びつきました。

「やっぱり群馬を、元のいじめられっ子の立場に引きずり降ろしてやろう」

そんなふうに思うことは自然な成り行きでした。

とはいえ、かつてヨーロッパの列強諸国が、アフリカや南米やアジアを武力で植民地化していった時代ではないのですから、21世紀の今、武力で群馬をねじ伏せるなどという暴挙に出るはずもありませんでした。

その代わりに、いじめっ子たちは頭の中で悪だくみを考えて、行動してきました。群馬国に対していろいろな精神的揺さぶりをかけてきたのです。独立を取りやめて、元の47都道府県のひとつに戻すための揺さぶりです。

これは、大変な神経戦です。

「群馬は海がないのだから、新鮮な魚が群馬に入らないようにしてやる」

水産業者や流通業者に、陰から圧力をかけ始めました。

「群馬に魚を運んだら、罰金を払わせてやる。逆に群馬に回す分を他の地域に回すなら、過分な補助金を出そうじゃないか」

水面下で、そんな飴と鞭を使ったのです。

水産物だけでなく、各地で取れる農産物についても、群馬に入りにくくするよう、悪知恵を働かせました。

かつて戦国時代の戦で、城に立て籠もる大名やその家来に対して、食料補給ルートを絶つという非情な「兵粮攻め」に近い、悪質な戦法です。

「海なしの群馬の人だって、新鮮な刺身を食べたいよね。それがなくなってもいいのかい？　刺身といえばシャーベットのようにシャリシャリ凍ったもの。焼き魚はアジの干物だけ。そんな昭和30年代に戻りたいのかい？」

いやあ、まさしく21世紀版の兵糧攻めです。

その次は、大学進学妨害です。

群馬の高校生たちが、東京など首都圏の大学に進学しにくいように、圧力をかけてきました。東京大学や一橋大学、早稲田大学や慶應大学や上智大学、東京理科大、ＧＭＡＲＣＨといった人気大学をはじめ各大学に、群馬出身の受験者が合格しにくいように、極秘裏に圧力をかけ始めたのです。

えげつないなあ。

「独立なんてやめてしまえば、希望する大学に進学しやすいじゃないか。群馬の子だって一生懸命に勉強しているのだから、東大や早慶に行きたいだろう？」

なんともおとなげないなあ。


しかし、群馬国民は負けてはいなかったのです。

敵が兵糧攻めに出るのであれば「こちらも」とばかり反撃しました。

「群馬が世界に誇る昭和村や下仁田町のコンニャクは一切輸出してやらない。おでんにコンニャクがなけりゃあ、おでんじゃあなくなるべ？」

「東日本ダントツ一位の生産量を誇る高崎市や安中市など群馬の梅も、これからは輸出してやらない。さあ、日本人が大好きな梅干しの奪い合いになるぞ。和歌山産だけで足りるはずがなかんべ？」

「芯まで甘～い嬬恋村の高原キャベツも輸出してやらない。刻みキャベツが欠かせない日本中のとんかつ屋はお手上げになるべ」

「とんでもなく太くて、加熱すると信じられねえぐれえ甘くなる、そんな冬場の鍋物に欠かせねえ下仁田ねぎも、売ってやらないんさ」

「太田市特産の粘りっ気たっぷりのやまといもや、果物かと思うぐれえ甘いフルーツトマトのブリッグスナインが手に入らなくなって、みんな困るんでねえかい？」

特産の群馬野菜を掲げて反撃したのです。

お菓子もアイスクリームも武器にしました。

「東京をはじめ各地のデパートなんかでお客の行列ができてるガトーハラダのラスクも、簡単にゃあ買えなくなるぞ」

「みんなが食べたくて仕方がねえハーゲンダッツも、工場は高崎市内にあるんだから、これも簡単には買えなくなるぞ」

どうだ。手も足も出まい。


まだまだネタはあるのです。

「群馬が誇る自動車メーカー『スバル』のレガシーをはじめ魅力的な自動車も、高い関税をかけてやる。ちょっとやそっとでは手が出ない超超高級輸入車にしてやるべ」

「ヤマダ電機の電気製品も、本社がある群馬国以外の店じゃあ、割高で売ることにしてもらうべえ」

　トレッキングやハイキングだって、武器はたくさんあるのです。

「夏がくれば思い出す」の歌であまりにも有名な世界有数の高所湿地帯・尾瀬ヶ原も、クライマー憧れの谷川岳も、「天下の奇岩」が連なる妙義山も、「赤城の山も今宵限り。かわいい子分のおめえたちとも、別れ別れになる門出だ」と国定忠治が名ゼリフを吐いた名峰赤城山にも、群馬国以外の人からはバカ高い入山料をとって、事実上入山禁止にしてやりましょう。

　それでもいいのですかい？

　さらに、どでかい「爆弾」を用意しました。

「どうしても嫌がらせをやめなけりゃあ、群馬が源流の日本一の利根川の水が東京に流れ込まないようにしてやる。利根川の本流は千葉県の銚子から太平洋に流れ出ているだんべ。この本流は途中の千葉県野田市の関宿《せきやど》で江戸川に分かれて、東京の人のための水として使われるわけだがね。ここを、群馬国の土木業者を総動員して、一夜で水が流れないようにコンクリートで固めてしまうべ。それでもいいんかいねえ？」

　うわあ。太平洋戦争の真珠湾攻撃みたいに、群馬国の土木業者が関宿に奇襲攻撃をかけて、突貫工事をしようというのです。

「利根川の水で東京都民の水道は成り立っているんじゃねえかい。これっからは、しょっちゅう水不足になるけんど、俺たちは知らねえぞ」

「利根川はもともと、江戸湾に注ぎ込んでいたものを、徳川幕府になって家康さんが千葉県の銚子から太平洋に流れ出る今の形に大工事をしたんだんべ。江戸の水害を防ぐためにさ。それなんに『水害は嫌だけど利根川のおいしいお水はちょうだいね』ってことで江戸川があるんだべや。これが、もともと厚かましいやいねえ」

「そうだそうだ。あちらさんの出方によっては、江戸川を枯らしちまうべえ」

こう反撃に出たわけです。

どうだ、こんな反撃に群馬を攻撃する大都市のみなさんは耐えられるのでしょうか？


これらのさまざまな反撃は、首都圏連合軍をたじろがせました。

利根川の水を都内には流さないという「水の兵糧攻め」警告は効きました。

ハーゲンダッツが気軽に食べられなくなるのも、困ったようでした。

尾瀬に入れないのも、谷川岳に登れなくなるのも、深刻です。

日本政府や都道府県役所にも、住民からの「群馬にさからわんほうがいいよ」の声が、連日寄せられていったのでした。

首都圏連合側からすれば、人口２００万人の群馬などボクシングのヘビー級選手がフライ級選手を叩きのめす、大相撲ならば横綱が幕下力士をブン投げる、そんなつもりだったのでしょう。ところが意外や意外、群馬は徹底抗戦を重ねていったのでした。

「群馬、あなどるなかれ」

冷や汗のひとつも流れ始めていたことでしょう。

シーン12

こっちには未来型パソコンがあるがね

たしかにコンピュータやインターネットやＡＩが全盛の時代ですから、デジタル最優先なのは当然のことです。アナログ時代に比べて便利きわまりない。世の中の掛け声はＤＸ（デジタルトランス　フォーメーション）一辺倒です。

ＤＸとかデジタルなんて言うと、難しいパソコンの操作をしなければならないようなイメージがあります。

首都圏４都県連合軍は、この点でも群馬を攻撃しました。

「群馬みたいな田舎には、高性能コンピュータなんてないだろう？　仮にあったって、使いこなせる人材がいないだろうが」

「Ｂ29で飛んでくるアメリカ軍に、竹槍で対抗しようとした日本軍みたいじゃないか」

太平洋戦争になぞらえて、４都県連合軍がアメリカ軍になったつもりで、「群馬は竹槍しか持ってないだろう?」と誹謗中傷を始めたのです。

たしかに、高性能コンピュータを自由自在に操るのは、並大抵の知識や技術では不可能でしょう。

でも、大きな声で言えないのですが、独立後の群馬国のコンピュータ環境は画期的に進化していたのです。

なぜなら、大学生の桐生優悠は、いかにも普通っぽい学生の雰囲気なのですが、家に帰ると「超絶パソコンオタク」に変身するのです。本人がその知識や技術をひけらかさないから、まわりも気づかなかったのですが、「オタク」というよりも「天才」だったのです。

なにが天才的かというと、彼は自分だけの世界で独自のOSを開発してしまい「口頭の指示ですべてが完結するパソコン」を完成させてしまっていたのです。

ほとんどの国民がパソコンやスマホを持っています。これは群馬も日本も世界も同じことです。でも、パソコンは使う側の人間が豊かな操作知識を持ち、キーボードやマウスを使いこなして、その高度な性能が発揮されるのです。だから、多くの人がパソコンを使いこなせないのが実情です。そりゃあ、無理ってもんです。だから、IT時代だのAI時代だのDX推進だのと言われても、一般の国民は「それはパソコン専門家の世界でしょう?」だったのです。

ところが桐生が開発したパソコンは、キーボードやマウスがありません。すべての操作は口頭による指示なのです。

高度な操作知識とスキルなどいらないのです。パソコンソフトについて知識がなくても「自分がこうしたいんだ」と思ったら、パソコンに向かって語りかけるだけで、超人的な作業が瞬時に行なわれてしまうのです。

「群馬は日本から独立したのだから、回線が遮断されてインターネットもＳＮＳも使えなくなってしまったんじゃないのか」

いいえ、その不安もありません。これも天才桐生が通信衛星経由のインターネット回線をつくり上げていたからです。


何十年も前になりますが、まだパソコンも、ワープロも見ることがなかった時代。

言葉によるコンピュータ操作が当たり前だった前例があるのです。

ところは中東の砂漠。砂の嵐に包まれたバビルの塔で、超能力少年の「バビル二世」は、コンピュータ相手に言葉で指示します。宿敵・ヨミが率いる部隊による最新鋭のジェット機攻撃にどう反撃すべきか。

「コンピュータ、最善の方法を考えろ」

こんなふうに命令するだけで、コンピュータが完璧な方法を言葉で回答してくるのです。

ほかにもあります。

大西洋に浮かぶ孤島マリネラ王国の宮殿にあるコンピュータに、主人の「パタリロ殿下」は言葉で命令します。命令を受けたコンピュータは、やはり言葉で回答してきます。

コンピュータが反論することもあります。

「殿下がおっしゃった材料では、正確な答えが導き出せません」

「分かった。では、蓋然性を70％に下げて回答しろ」

「了解です。それならば、こんなことが考え出せます」

パソコンの前で、キーボードやマウスを使いこなしながら、自分の頭脳や知識を駆使して複雑な作業をする。それは前時代的な光景で、今や、生き物であるかのようなコンピュータと対話することでことが足りてしまう。群馬国の大学生だった桐生が、こんなDX先進王国の環境をつくり出してしまっていたのです。

条太郎たちも、この桐生の能力について聞かされていたのですが、あまりにものすごいことになってしまったので、広く世間に公表できてはいなかったのです。今すぐに発表したら、それこそ各方面が混乱するかもしれません。

だから、この「口頭指示ですべてOKのパソコン」を大量生産して、少なくとも群馬国内の全世帯に1台配布と、小中高校生や大学生にはひとり1台の配布ができるめどが立つまでは、国内外に公表したくなかったのです。世界中で大騒ぎになりかねないからです。

でも、4都県連合軍が「群馬国は、竹槍式みたいな旧式パソコンで、我々大都市のスーパーコンピュータに対抗している」という戦法で攻撃してくるからには、群馬国としても「ばかを言うない。こっちには革新的未来型コンピュータがあるがね。こっちのほうが、どれだけすごいか。全国民が口笛吹きながら使えるんだいねえ」と反撃しなくてはならない段階がくるのは時間の問題だと言えるでしょう。

実は僕も、この未来型パソコンの試供品をもらって、自宅で使っているのです。新商品開発の過程での消費者モニターみたいなもんですかね。

大学での食文化その他の授業の資料をつくったり、遠くへ取材旅行に行ったりする際などの飛行機や列車の予約、さらには宿の予約をしたり……。その程度の用途ですが、とても便利なのですよ。

僕自身はアナログ派で、日常的にパソコンを使うには使っているのですが、文章を書くソフトの「ワード」や書籍編集に便利ですがややマニアックな「インデザイン」というソフトを使っているくらいで、世間で当たり前のように使われている「パワーポイント」に向き合うと超初心者、「エクセル」などはからっきしダメなのですね。

でも、これって普通のおじさんおばさんのレベルってことじゃないでしょうか。

それでね。この未来型パソコンですが、ほとんどバビル二世やパタリロ殿下になった気分になれるのです。

「コンピュータ。大学の授業資料をパワーポイントでつくりたいんだよ。使う写真30枚をデータ送信したからね。それをパワポ資料として並べてみてくれ。1枚目は米と小麦粉の写真。2枚目がうどんやそばの写真。3枚目が群馬伝統のおっきりこみの写真だがね……」

「了解です。ご指示通りの順番に30枚を並べた30シートのパワポ資料を画面でご覧ください」

「いいじゃん、これで。じゃあ、それぞれの写真に説明文をつけていくから、まず1枚目ね。いいかい、言うよ」

「どうぞ、順番におっしゃってください。おっしゃる通りに説明文をつけてゆきます」

「ああ、コンピュータ。説明文の最初の題名を、ちょっと大きな文字にしてくれ。色は赤っぽくしたいね、目立つように。その次からの文章はブラックでいいよ」

「了解です。ただ題名の文字の色は、深い緑色でもきれいですね」

「なるほどなあ。ちょっと緑色に変えてみてよ……」

「こんな感じになります。いかがですか？　そうだ。全体に緑でもよいのですが、題名の文字を縁取りした白色にして、1文字だけ緑色にするのもオシャレですね」

「それは、いいアイデアだがね。それと、僕が料理して、友人が食べている様子をスマホで動画撮影したんだ。このシーンも入れたいなあ」

「簡単です。スマホに保存しているデータを私に送信してください。適切な場所に埋め込みますから」

こんな具合で、コンピュータ操作素人の僕が、隣にいる専門のオペレーターさんに話しかけているような雰囲気で、スムーズに資料ができてしまいます。

ただ、コンピュータがこんなことを言うこともあって。

「さっきから気になっていたのですが、その『……だがね』の『がね』ってなんですか？」

「そうか。君にはまだ群馬弁がプログラミングされていないんだな。だから分からないんだがね」

「ですから、その『がね』って……」

一週間の取材旅行の予定を組みたいという時も、確かに便利なのです。

「コンピュータ。九州の福岡県と鹿児島県と長崎県に一週間の予定で取材に行くんだ。高崎からの列車や飛行機のルートを考えてくれ。切符の予約も頼むね。それから、それぞれの場所で宿泊する宿の手配もお願いしよ。取材の日時や場所は……」

「了解です。東京までは新幹線で。羽田から福岡へ飛行機で飛びましょう。福岡空港でレンタカーですね。そのまま高速道路で鹿児島へ向かいます。鹿児島で取材した後は。レンタカーで長崎に向かいます。取材最終日に、長崎空港前でレンタカーを手放します。そんな感じでよろしいですか？」

「うん。便利そうだね。そういうふうにしよう。早速手配してくれ」

「泊まるホテルはどうしましょう？　高いところから安いところまでいろいろありますが」

「観光旅行に行くわけじゃないんだよ。全部素泊まりで、できるだけ安いところね」

「了解です。では、それぞれの街で適切なビジネスホテルを予約します。そうだ、素泊まりと言いましたが、翌日の朝ごはんはつけておいたほうがよいでしょうね」

「そうだね。腹が減ってちゃあ仕事にならない。そのコースで予約しておいてくれるかな」

「夕食は、地元の居酒屋かなんかですか？　それもリストアップしておきましょう。地元の名物料理がリーズナブルな予算で楽しめる店を。余計なことかもしれませんが、出発する朝は群馬国のパスポートを忘れないでくださいよ」

これで、僕がほかのことをしている間に、一週間の交通の便と宿泊するホテルの予約ができてしまいました。

これまでは、キーボードをたたき、マウスをカチャカチャさせながら、迷い、考え、立ち止まりと、面倒だったパソコン作業が、まったく手間いらず。

なんとも便利な代物なのですよ。

こんな優れ物が群馬国内の全世帯に配られるのかあ。

もう誰もが「パソコンの操作は難しいからいやだ」などと悩まなくて済むのです。誰でも簡単に、しかも自由自在に使いこなせるのですから。

これはすごいことになるなあ。


「でもね」

桐生が真面目な顔をして周囲に言う時があります。

「なんでもＡＩ任せになったら、人間がものを考えなくなるがね。そうなったら、人間の力が低下するばかりだよ。ＡＩが人間にとって『便利な道具』ではなくなり、いつの日か、ＡＩに人間が支配されてしまう日がくるかもしれねえんさ」

ＡＩの人間支配までいかなくたって、インターネット全盛社会です。生まれた時からスマホやパソコンと暮らしている若者世代には、その便利な点ばかりを吸収して、その一方にある危険についても、なんにも考えないまま大人になっています。

「ＡＩに頼れば便利なのはたしかなんさあ。でも、僕がパソコンに詳しいからかなあ。いつも不安をかかえてるんさ。なんの不安かって？　それはね。ＡＩが勝手に暴走を始める恐れがあるってことさ。ＡＩがどんどん学習を重ねると、人間の思いや期待のはるか先を行くような答えを勝手に出してくるかもしんない。それが『暴走』の始まりなんさあ。そうなったら、止められねえからさ」

ＡＩが人間の「道具」というレベルをはるかに超えてしまう。そんな危険性ですね。

これは途方もなく先進的なパソコンを開発してしまった桐生であるがゆえに、のしかかる不安なのでしょう。

だから、群馬国内では小中学校、高校、大学のすべてで、そんなネット社会・デジタル社会の危険性を中心にした授業が必須科目になっているのです。

ＡＩの暴走といった桐生の心配の、もっと前の段階の教育です。

インターネットの検索エンジンを開けば、膨大な情報を瞬時に入手できます。どれが正しい情報で、どれが偽情報なのか、見分けがつきません。

難しいことはなんでもＡＩがしてくれます。

グラビアアイドルがモデルの写真集だって、人間じゃなくてＡＩがきれいな女の子をつくり出して、完璧に仕上げます。

学校の作文や論文だって、ＡＩがつくってくれます。

外国旅行の際の通訳だって、ＡＩの得意作業です。

映画やテレビドラマで演技をする役者だって、テレビやラジオのアナウンサーだって、ＡＩの仕事になります。

一方、人間はどうでしょうか。

YouTubeで、Tik Tokで、ラインで、インスタグラムで、Xで、フェイスブックで……。子どもも、若者も、そして大人も、思いついたことを、見聞きしたことを瞬時に全世界に発信します。

あまりにも便利なのですが、思ったことをすぐにＳＮＳで発信することで、必ず傷つく人や、被害を受ける人がいます。第一、自分が発信する情報の中には、間違いや誹謗中傷の要素が多いものです。

そんな、インターネットによる情報発信のメリット・デメリット、とりわけデメリット、もっとはっきり言えば「危険性」ですね。こういった点について、通常の教科の学習以上に力を入れるような環境が群馬では整っていったのでした。

多くのおじさん・おばさん世代ならば、インターネットやＡＩに触れた時に、その便利さに驚くと同時に、あまりにも便利なために「そこに潜む危険性」についても思いが至ります。

でも子どもたちには無理です。

生まれた時からインターネットやＡＩが日常生活に備わっているのですから。そんな当たり前の日常的な技術に危険性があるなどということは、想像することすらできません。

そこで学校教育で、ネットの怖さについて、ＡＩの問題について、徹底的に、そして具体的に学ぶ環境をつくっていったのでした。

国会議員の中でも、ＳＮＳの危険性について気づきにくいのが、スマホ世代である高校生の伊香保彩たちでしょう。

議事堂の控室でたまたまふたりだけの時に、この問題が話題に上がりました。

「ねえ、優ちゃん。いろんな大人が言ってるけど『ＳＮＳの危険性とか怖さ』ってなあに？　インスタやラインで毎日やり取りしてるけど、どこが問題なの？　とっても便利じゃん？」

「僕の大学で、『ネットのデメリットや危険性』に重点を置いた情報論の授業を続けている先生がいる。その授業を受けて、まわりからはパソコンオタクなんて呼ばれている僕もちょっと考えが変わった気がするんさ」

「どういうこと？」

「つまりさ。僕らは当たり前のように使っているスマホでインスタでもラインでもＸでも、とにかく思ったことや見聞きしたことを情報発信するじゃないか」

「そんなの普通のことじゃないの」

「でもね。情報発信するってことは、誰かを傷つける危険があるってことなんか、僕らは意識しないよね」

「なに、それ。私がお友達と遊びに行ったり、ご飯食べたり、おしゃべりしてたりして浮かんだ考えをSNSにアップして、誰が傷つくの？」

「いやいや。現実に『炎上する』ってことがあるじゃん？　2024年夏のパリオリンピックだって、すごかったじゃないか。テレビ中継を見ていてなにかに不満を持った人たちによる、アスリート本人や主催者なんかへの誹謗中傷がさ。みんなSNSで『思いや意見を書いただけ』のつもりでも、書かれたほうは、心がズタズタになったらしい」

「へえ、そういうものかなあ」

「僕が授業を受けている先生の受け売りだけどさ。今までの僕らは『グチ』や『陰口』くらいしかなかった。昔から中傷の手紙を送りつけたケースもあるにはあったけどね。簡単には悪意が相手には届かなかったんだ。ところが、SNS時代で、とてつもなく大きな情報発信能力を誰もが手に入れてしまったということなんだよ。この能力は、いわゆるオールドメディア、つまり新聞・放送・出版などが持っていた以上の大きさだっていうことなんだ。言われりゃあ、その通りだよね」

「ふーん。そんなこと誰も教えてくれないわよ」

「そこなんだ。これまでのメディアの人なら、日々職業訓練を受けてるんだ。情報発信の危険性についてさ。それだって、人権侵害を繰り返してきたんさ。それが、そんな訓練を受けていない僕らから下の世代全員が、とてつもなく大きな情報発信能力を簡単に手にしちまった。だから、その先生が強調するのは、小学校から大学までの日常の授業で、『理性的な情報発信の訓練』をしなくちゃならないってことだよ。それをしない限り、もっともっと『情報発信による人権侵害社会』が進んでしまうって言ってる」

「そうかあ。ネットでのいじめなんかの話もたくさん聞くしね」

「実際に、ネットによる誹謗中傷で、仕事をなくしたり、人生がひっくり返ったり、最悪の場合、自分で命を絶ってしまったりした人もいるじゃないか。だから条太郎さんも群馬独立からすぐに、国内の小中高校や大学に、この問題を取り入れた授業を呼びかけたんだ。理性あるネットの利用法を広げるってことだよね」

その通りで、実は僕自身も大学の授業で「情報発信の凶器性」について、具体例をあげながら、若い学生たちがこれまでまったく意識しなかった問題点を提示して、理性的利用法について主張しているのです。

要は「SNSでの気軽な情報発信」以前の問題ですね。「人がものを言う」ということ自体、「他人を傷つけている可能性がある」ということなのです。これは、人と人とがふれ合って生きている社会の宿命というか本質というか。これまでは、その情報発信ができなかったから問題も生じなかったのです。それがスマホひとつで「瞬時に、世界中に発信できる」環境になってしまいました。みんなが大きなメリットを手にしたということは、その裏返しでデメリットも背負ったということなのですね。

もちろん、批判と中傷は違います。正しい批判は「社会的にあるべきもの」です。しかし、誰かを批判するならば、その相手に直接向き合って、その反論を聞き、それをふまえたうえで両論併記による論理的な批判を展開しなくてはなりません。

でも、ほとんどの国民は、そんな教育など受けてはいないのです。頭にあるのは、小さな頃から耳にしてきた「言論の自由」「表現の自由」といった言葉だけ。この自由を行使するうえで守らなければならない制約があることなど、学習してこなかったのです。


「うーん。言われるとその通りかなって思うんだけど、私たち子どもにはちょっと難しいなあ」

「なにを言ってるんだよ。18歳はもう成年じゃないか。大人なんだよ。僕らの世代がしっかりしなきゃまずいよなあ」

「国会議員になったって、私はかわいい子どものままよ、ウフフ」

実際に群馬国内では、このふたりの会話のようなやりとりが、各学校で広がっていったのです。

情報発信の危険性を、いかに若者に意識してもらうか。早い話が「そのSNSへの投稿を半日待って。もう二度、三度落ち着いて読み直し、考え直してからアップしよう」という活用法を訴えていったのでした。

この点も、46都道府県の人たちには、よいお手本を示すということにつながりました。こうやって群馬国は、情報発信大国としての地位も築いていったのでした。

さて、問題の先進的なパソコンシステムを立ち上げた桐生は、今日もパソコン室にひとりこもって、愛用のパソコンとの「対話」に熱中しています。

そんな時、伊香保彩が姿を見せました。

「優ちゃん。またパソコンとばっかり格闘してるの？　そんなネクラなことじゃあ、彼女のひとりもできないよ」

「余計なお世話だよ。僕はパソコンと向き合っているのが楽しいんだ」

「へえ？　そうなの。優ちゃんってパソコン操作はプロ顔負けだし、ちょっとイケメンだし、彩、彼女になってあげてもいいかなって思ってるんだけどね」

「僕は、子どもは苦手なんさ。峰二香さんみたいな年上の美女からデートに誘われれば、すぐにＯＫなんだけどね」

「なによ、バカ。この間は『もう大人だ』って言ったじゃないの。もう誘ってやんないから」

怒って部屋を出て行く彩を見送りながら、桐生は複雑な表情を浮かべました。

「かわいいよなあ、彩ちゃんって。でもねえ、そのご期待には応えられないんさ。なぜかって言うと……」

はた目にはお似合いのふたりなのに、どうして……。

シーン13
命知らずの軍団に任せておきないね！

もちろん、かつての群馬県には群馬県警察本部という組織があって、３９００人余りの警察官・警察職員が、２００万県民の安全を守る仕事についていたわけですよ。

それだけだって大組織には違いないのですが、群馬県警だって日本の警察庁の中の組織みたいなものじゃないですか。県警トップの本部長や警務部長などは警察庁人事ですしね。

そういった巨大組織から独立して、群馬国警察庁が誕生したわけです。

「独立国になったのだから、国家を揺るがすような大事件・大事故が起きた時に、群馬の警察だけで対応しきれるのか？」

「２００万国民の日常の安心安全を守れるのか？」

条太郎たち政府としても、そんな心配がないこともなかったのです。

「条太郎さん、大丈夫だよ。警察官はね、少数精鋭でいいんさあ」

新生・群馬警察で前橋警察署の刑事係長を務める中門大輔《なかかどだいすけ》がこう言ってきました。中門は捜査畑一筋のベテラン刑事で50歳目前。射撃の腕前も抜群で、なかなかの「男前」、いえいえ「イケメン」、いえいえ「イケオジ」です。

「俺んところのメンバーは、みんな腕っききだい。どんな凶悪事件だって、テロだって、おさめてみせるさ。俺たちの世界じゃあ『中門軍団《なかかどぐんだん》の10人』って有名なんさね」

「そんなことを言ったたって、今の世の中、事件は高度化・複雑化・広域化の一途だがね。中門軍団だけじゃあ、対処しようがねえんじゃあねんきゃあ？」

中門はニヤリと笑みを浮かべました。

「もう40年以上も前のことだい。俺のおじさんに当たる人が東京警視庁の刑事だったんさあ。この人がすんげえ。警察は階級社会だかんね。下から巡査、巡査長、巡査部長だい。その巡査部長なんに、連続殺人・要人誘拐・たてこもり・広域テロ……、ありとあらゆる凶悪犯罪の捜査指揮を執って、毎週毎週見事に解決しちまった伝説の人だったんさ。大門敬三《おおかどけいぞう》っつって、都内の警察署の刑事課所属だ。刑事10人の『大門軍団《おおかどぐんだん》』の団長で大活躍してたんだいねえ」

「はあ、大門軍団《おおかどぐんだん》ねえ。聞いたことがあるなあ」

「警視総監が指揮を執るような大事件なんに、巡査部長の大門おじさんが中心だ。しかも、警察の管轄も関係なし。北海道から九州まで、全国縦断捜査をしてたんだかんねえ。たいしたもんさ。だから、群馬国民の安全を守り事件を解決するのは少数精鋭でいいんさ」

「少数精鋭ったって、10人じゃなあ」

「国家がひっくり返るような大事件だって、大門軍団が解決しちまったんだもの、群馬だって、俺たち中門軍団が守ってみせるってもんだいねえ」

中門は胸を張ります。

こうも自信たっぷりに言われてしまうと、条太郎も反論しにくくなります。


たしかに半世紀近く前のことです。

とてつもなく凶悪な殺人事件とか、国家の要人が誘拐された事件など、警視庁や道府県警本部のトップが指揮を執るような深刻な事件を、ひとりの巡査部長である男前の団長さんが、イケメンだったりシブオジだったりする部下とともに解決し続けたことがありました。派手なカーチェイスや銃撃戦、ビルや車の爆破を展開した末に。

あれ、どのくらいたくさんの始末書を書いたのでしょうね。

彼らの上には、エリートの警視でありながら、上層部の言うことをまるっきり無視する、やはりイケオジの課長もいました。

「国民の安全のためなら、命を張って悪に立ち向かう。群馬にそんな熱血漢が10人ほどいれば、200万国民の安心は守れるに違いないなかんべ？」

なるほどなあ。これなら、どんな凶悪事件が起きても、どんな国際テロ組織が攻め込んできても、あるいはどこかの国が攻め込んできても、この軍団だけで跳ね返せるかもしれません。そんな気になります。

「そんなスーパー軍団が活躍した歴史があったんさ。でもなあ。無謀な捜査もなっからあったんで、仲間の何人かが殉職しちまってさ。大門おじさんも、要人を誘拐した国際テロ組織の犯人に立ち向かって、要人は救い出したんだけど、テロリストの凶弾に倒れて殉職しちまった」

そうそう、それはすごい展開でした。

警視庁の所轄署の刑事たちが、警視庁や警察庁幹部の静止命令を振り切って、「管轄外中の管轄外」である福岡県博多湾の無人島へボートで上陸して事件を解決した末に、団長は殉職したのですから。

「二階級特進して警部になったおじさんの葬式は俺が小さな子どもの頃だったいね。その後の年忌法事も行ったなあ。そのたんびに、軍団の刑事たちが顔を見せてね。おじさんの活躍を語り合ったんだ。その様子に感激して、俺は群馬で刑事になったんさね。おじさんを見習って悪に立ち向かってきたんさ。今の俺の軍団の仲間もおんなじで、そんな命知らずの男たちばっかりだ。でもね、上州人の義侠心ってのがあるじゃないかね。自分の命よりも、みんなの命を優先するっていう心意気ね。これにあふれてるんさ。だから、ほかの警察官だって、俺たちの後をついてきてくれるはずだいねえ」

「うん。たしかにそんな気がするなあ。群馬は国定忠治とか木枯し紋次郎みたいな義侠心あふれるお土地柄だからなあ」

「そうだんべえ？　警察の本部長みとうなトップ官僚は、日本の警察庁から出向してきている『単身赴任者』も多いんさ。この人たちにとって群馬は外国になっちまったんだから、家族のもとに、東京の職場に帰りたければ、帰ればいいがね。もちろん、一家全員で群馬国に帰化してくれれば大歓迎さね。とにかく群馬の地は、群馬の人間で守ってゆくんさ」

それに、群馬は平和な土地柄ですからね。

「大門団長の頃は、一週間に一度、必ず凶悪事件が起きてたのに、その都度軍団で解決しちまった。そんなことが何年も続いたんさあ。東京みとうな大都市と違って、群馬じゃあ、これまでだって一週間に一度のペースで大事件が起きるなんてこたあなかったがね。一年に一度だって起きちゃあいねえ。俺たちだけで大丈夫だい。任せておきないね！」

さらに中門さんは、こんなことも。

「平和な群馬だから、毎日大事件が起こるわけでもあんめえ。軍団が暇なら、俺も条太郎さんの散歩やジョギングにつき合うさ。警護を兼ねて。SPたちと一緒によお」

「おや、それはありがたい。団長さんにボディガードをしてらえれば、心強いやねえ。ホイットニー・ヒューストンを命がけで守るケビン・コスナーみたいなもんかあ。でも僕と中門さんじゃあ、いかつい男同士だから、ラブロマンスにはならないよね」

そばにいた桐生が若者らしく口をはさみます。

「30年前の映画の話なんかやめてよね。古いなあ。せめてちょっと前にテレビドラマでボディーガード役をやってたキムタクとか菜々緒あたりの話にしましょうよ」

条太郎や桐生の言い合いにも、中門団長はどこ吹く風。

「ヒューストン？　ああ、NASAの宇宙センターがある街かい？　アメリカ旅行した時に見学に行ったことがあるんさ。なに、違うんか？　なんだ映画の話か。映画はそんなに見ねえんさ。

『太陽に叫べ』とか『あぶせえデカ』みとうなテレビの刑事ドラマの名作は再放送もあったから、なんとなく知ってる。とにかく任せなって、条太郎さんの警護のことは」

さらには、条太郎の冗談口を逆手にとって、こんなことも。

「おじさん同士だからラブロマンスになんねえって、『多様性が第一の国づくりをしよう』っていう大統領らしくもねえ。同性同士の結婚だって認められる世の中なのによう、笑っちまうぜ。色恋沙汰はともかく、俺は条太郎さんの男気にほれてるんだからさあ。政治家は命を狙われることがある商売だがね。そんな時は俺が命を張るんさ」

男が男にほれるなんて、どことなく昭和の映画か歌謡曲みたいな響きですが、まあいいでしょう。

半世紀前の大門団長と上司のイケオジ課長の関係もそんな感じだったようです。

事件が解決して引き上げる際に、課長がタバコをくわえて火をつける。そのタバコを横にいた団長が手にして、自分の口に持ってくる。そんなことがよくあったそうです。「今日も元気だ。タバコがうまい」の半世紀前には珍しくなかった男同士の友情の深さを象徴する光景ね。もっとも、「タバコは百害あって一利なし」の今の世の中では、そんな光景もなくなりましたが。

なにはともあれ、強引に条太郎のボディガードの仲間入りした中門さん。

この展開は、たしかに後になって役に立ったのです。

シーン14

誰にでも積極的に情報提供するんさ

群馬国にとって大きな課題は、政治や行政の情報をどれだけ効果的に国民に伝えられるか、それをもとに有意義な議論や行動に結びつけられるかというものでした。もちろん、世界中のどの国にとっても、大切な課題には違いありません。

それによって国民は、国の政治や行政を政治家や行政任せではなく自分たち一人ひとりの課題として考えるようになるからです。

かつての日本においても「永遠の課題」であり「手の届かない理想論」みたいなものであったことは、多くの皆さんが承知している通りです。

これまで長い間、新聞とかテレビが情報伝達の主役を担ってきました。ああ、出版や広告もそうですね。

だから国の役所や都道府県庁、主要都市の役所には、大手新聞社や放送局や通信社などの記者が常駐する記者室という場所がありました。

この常駐場所のことはマスコミ業界内の常識ではあっても、一般の国民にはあまり詳しくは知られていない制度でした。

それはそうです。公的な政治や行政が、特定のメディアにだけ便宜供与を長年続けてきた。こんなことが広く国民に知れわたっては、権力側にもメディア側にも都合が悪かったのです。


ところが世の中が激変しました。

新聞や本を読まない。テレビやラジオは見ない聞かない。情報のゲットはもっぱらスマホやパソコンなどを使ってインターネットで。だから企業の広告も新聞やテレビに出すのではなく、インターネットの媒体に出していくようになりました。これまでの主要メディアは影響力が極端に低下して「オールドメディア」と呼ばれ、インターネットの力が急速に拡大したことによって、情報伝達・情報入手の方法がまったく様変わりしてしまったわけです。

条太郎が伊香保彩に声をかけました。

「みんなの世代は新聞を読まないだろう?」

「条ちゃん、そうだよ。高校の先生だって自分ちで新聞をとってないって言ってる」

坂東太郎が「嘆かわしい」という顔つきをします。

「時代は変わったよな。私らの若い頃は『新聞に載ってたから信用できる情報だ』ってのが常識だったのに」

桐生優悠は、それを聞いてあきれ顔。

「学校だけじゃないよ。電車に乗ってたって、新聞を読んでる人なんか見たことない。みんなスマホに釘づけだからさ」

　条太郎は言います。

「長い時代『メディアの王様』的な存在感を示していた新聞だけどさ、それぞれの都道府県で見れば、そのエリア内の各新聞社の発行部数よりも、タウン情報誌とかフリーペーパーなどのほうが、はるかに発行部数が多いという状況が珍しくないがね。群馬だって、全国紙の発行部数より、発行部数の多いフリーペーパーがたくさんあるし」

　つまり、昔は「新聞に載っていた」「テレビに出ていた」といったことが信頼性に富む情報伝達の中心だったはずなのに、いつの間にか「新聞は読まない、テレビは見ない。多くの国民が日常触れるのはインターネットのメディアだけ」という時代になってきていたのです。

　となると、群馬国の情報発信手段も、今までとは違ったものになるのは当たり前の話です。

　都道府県のひとつであった群馬県であれば、かつての群馬県庁内とか前橋市役所内、高崎市役所内などに記者室という部屋があって、地元紙の「群馬日報」、全国紙である朝日新聞、毎日新聞、読売新聞、日経新聞、産経新聞、ブロック紙の東京新聞、それに通信社の共同通信や時事通信、そして放送局であるＮＨＫ、地元テレビ局である「テレビ上州」などの記者が常駐していました。

　でも「新聞を読まない、テレビを見ない」という世の中になったから、彼らの影響力というものは極端に低下してきているわけです。

　それに代わって、群馬全域、あるいは前橋市内とか高崎市内などで発行されているミニコミ誌やフリーペーパー。さらにはインターネットを駆使する個人による情報発信。こういったものの存在感が急速に高まってきたわけです。

「条太郎さん。思い切ってこれまでの記者室を廃止しませんか？」

「ええ？　三本木さん、なんだって？」

「大手メディアだけの記者室じゃなくてね。地元のフリーペーパーや出版社、フリーのジャーナリストや個人も利用できる総合情報センターにするんですよ。もちろん、条太郎さんや国会議員、行政府の会見も、誰もが参加できて、発言もできるように変えるんです」

「うーん。今いる新聞やテレビから文句が出るよねえ？」

「改革論者の条太郎さんが、なにを言ってるんですか。みんなが新聞を読まない、テレビを見ない時代に変わってきたんだもの、私たちの情報発信スタイルだって変わらなきゃ」

「なるほどなあ。そうかもしれんなあ。僕ら60代は、毎朝新聞を広げないと落ち着かないんだけどね……。時代の波ねえ」

たしかに三本木の言う通りなのです。長く続いた伝統は「変えるのが難しい」と思いがちですが、いざ変えるべく動いてみれば、簡単なものなのです。

ですから群馬国独立後、行政府となった旧群馬県庁内では、それまでの記者室といったものは廃止して、ひとつのフロアすべてを「国民情報発信センター」と名づけて解放しました。

これまでの主要メディア各社だけでなく、地域紙やフリーペーパー、地域出版社、フリーライター、さらには関心を持つ国民個人。そういった人たちが自由に出入りして、政治や行政の情報を手にして、それぞれの形で有効に情報発信してゆく。そんなシステムに変わったのでした。

大統領である条太郎の週一回の定例会見も、そんなふうに誰でも参加できる形になりました。ひとりでも多くの国民が、政治意識を高めて国づくりに参加する。それこそが群馬国独立の大きな狙いのひとつだったのですから当然です。

会見は「大統領室で」などということはありません。それでは人数的に収まり切れないからです。

1万人とか2万人収容できる大きな体育館を会場に、定例会見が開かれる。質問もみんなが平等にできるのです。

もちろん、時間無制限の真剣勝負です。

最初は「報道の素人になにができる」と上から目線だった主要メディアの記者諸氏であったのですが、彼らだってそれぞれがひとりの平凡な青年ですから、自分たちのメディアとしての影響力が極端に落ちていることは認識しています。

それに、質問内容によっては、「メディアの素人」のほうが鋭いこともしばしばありました。福祉問題の課題を問う介護従事者、医療問題に疑問を呈する看護師。教育問題に切実な悩みをぶつける現場の一教師……。

こうした「専門家」たちによる政治や行政担当者への質問のほうが、既存のメディアの記者諸氏の質問よりもはるかに的を射ていたのは仕方がないことです。

メディアの記者は、どちらかといえば「ジェネラリスト」です。広範な話題に関して、それなりの知識は持っているものの、それぞれの「スペシャリスト」が持つ専門分野での知識経験に比べれば、守備範囲が広い分だけ底が浅いのは当然。だから、日頃から専門家に対して取材に出向くわけです。


群馬国の国民情報発信センターの姿は、これまでの日本ではありえない光景でした。大手メディア各社が既得権益に精一杯しがみついているが如くの記者室という存在は、46都道府県では群馬国独立後においても依然として続いていたのですから。

ここでも群馬国が、46都道府県に向けてお手本を示したわけです。

だって、大統領の会見を聞いた新聞記者が、翌日の紙面で報道する。国民に情報が伝達されるのは会見から半日とか丸一日後です。放送局だってニュース番組が始まる数時間後ですよね。そんなタイムラグに加えて「読んでいる人」「見ている人」「聞いている人」が極端に少なくなっているという現実があります。

それとは逆に、インターネットを使って個人が発信した情報は、一瞬で群馬全国民の、いえいえ、46都道府県の、全世界のスマホやパソコンに届くのです。しかも、既存のメディアよりも多くの人が読み、見て、聞いているのです。どちらの影響力が優っているか、答えは難しいものではありません。

広いフロアの情報センター内は、地元の群馬日報、テレビ上州、ラジオ局各社、地域紙やフリーペーパー、地元出版社、フリーライター、そしてネットで発信する国民のためのスペースが大部分です。

そして、フロアの一部分が「外国人特派員協会」という看板を掲げて仕切られ、朝日新聞、毎日新聞、読売新聞、日経新聞、産経新聞、東京新聞、ＮＨＫ、共同通信、時事通信などの居場所となりました。もちろん、日本以外の「海外からきた」記者が入るのも、この協会ね。

群馬国独立前は、群馬県という自治体の県紙であった群馬日報、東京のキー局に押されがちだったテレビ上州、地方ラジオ局のラジオ群馬などがそれぞれ全国紙、全国放送局に格上げされたわけです。

より責任が重くなったとともに、全国組織としてのプライドを持つようにもなって、自分たち自身の改革にも力を入れてきました。

事実、こうした「国内」メディアの間では、こんな本音の論議が展開されていったのです。

「若者をはじめ多くの人が、新聞やテレビに背を向けたのは、インターネットの力がすごいからではない。今の新聞やテレビが面白くないからだ。読者・視聴者が『有意義な情報が流れていない』と気がついてしまったからなんだ」

「午前午後から夜のゴールデンタイムまで、テレビ番組で芸人やタレントがしゃべくり合ったり、笑い合ったり。各分野の専門家と称するわけの分からないコメンテーターなる輩が集まって憶測・推測が中心のつまらん語り合いをしたり。そんな昭和時代から変わらない低俗番組をよいと思っている制作サイドに、国民が視聴率低落という評価を下しているんだよ」

「つまり、我々の紙面や番組という商品が消費者ニーズに合っていなくなったってことなんさ」

「今こそ、メディアのプロの名に恥じない高度な情報・教養を提供する姿勢に舵を切って、安易で不正確なインターネットとの情報戦を戦い抜いていかなくては。群馬の独立は、既存の新聞・テレビが『命や存在感を賭けた真の情報を伝える機関』に生まれ変わる最大のチャンスなんだよ」

「テレビ上州は、地方の小さなテレビ局だったから、もともとそんなタレントや有名人を呼んでくるような番組なんて予算的につくれなかった。だから怖いものなしなんさね」

「大統領と新聞社やテレビ局の社長などの幹部と国民各層の代表による、一切の忖度なしの『ガチンコ討論バトル』を毎週開催して詳報しよう。もちろん、大統領だけじゃなくて国会議員や行政府の各代表とのガチンコ対談もだよ。うわっつらではない、本気・本音の提言報道を前面に掲げるわけさ。それが権力監視というメディアにとっての本来の仕事でもあるし」

「テレビメディアの価値は『エンタメ的な面白さ』じゃないんだ。多少堅苦しくたって、国民の心に突き刺さる情報提供が命じゃないか」

オールドメディアは、長い歴史の中で政治や行政への「忖度姿勢」を貫いてきました。

政治資金不正があっても、特定の団体との癒着疑惑があっても、そのことを自分たちは知ってはいるものの、広く国民に知らせようとはしてきませんでした。

「それを言っちゃあ、おとなげない」

「それは言わぬが花よ」

「世の中のシステムは、青っ臭い書生論じゃあ回りませんぜ」

そんな価値観に基づくうわっつらの情報提供の弊害が、こと今日明らかになり続けています。国民がゆがんだ実態に気づいてしまったのです。だから、多くの人が新聞を読まず、テレビも見なくなったのです。

そのことについて、独立がきっかけになって気がついた群馬国内のメディアが、改革的行動に移ったのです。

そのため、群馬日報では、それぞれの記者が独自の人生観・価値観・哲学・信念・純粋な疑問を前面に押し出した、時に「明確な主観報道」も含めた斬新な紙面を展開するようになりました。政府や行政府、世の中の常識などに「徹底的な疑問」をぶつけながら、記者たちが肉声をそのまま文章化した躍動紙面に刷新されていったのでした。

「最近の群馬日報って、面白いよね。一面からけっこう過激な記事が多いんさ」

「今まで、どちらかって言えば大人の紙面、言ってみれば面白さに欠ける紙面だったのが、大統領にくらいついてガンガン突っ込むから、その迫力が伝わってくる」

「朝毎読など外国の新聞は、相変わらず日本の政府や大政党に忖度しているからなあ」

「テレビ上州もそうだ。社員たちが『腹をくくった感』がありゃあしねえかい？　テレビにありがちな予定調和の空気がないんさ。脚本・結論ありきの番組じゃなくって、国民各層を相手に日々本気で立ち向かってるがね。やっぱり、血が通っている雰囲気が伝わるなあ。キャスターも記者も、おとなしくないのが楽しいがね。言うべきことを言うようになったら、頼もしくなったんさ」

「そうだ。この間の討論番組で、遠慮会釈なく大統領や国会議員に迫っていたよな。毎日どこかの時間帯で、以前に日本の地上波であった『夜明けまで生テレビ』みたいな雰囲気の番組になってて飽きねえやいねえ。やりゃあできるじゃないかね」

その現実は、群馬国外にも伝わります。

そうなのです。

群馬独立は、日本に無数にある新聞・テレビなどのオールドメディアにとって、未来に向けて生き残る道を示すことにもつながっていったのでした。

シーン15
外国首脳を群馬御膳で歓迎するべえ

欧米をはじめ世界各地から群馬国を訪れた首脳たちは、もしかしたら戸惑ったかもしれませんね。

群馬国大統領である条太郎との首脳会談や、歓迎夕食会などの会場は、富岡市にある世界遺産・富岡製糸場の隣に建てられた赤レンガ造りの建物だったからです。そこが群馬国の迎賓館だったのです。

富岡製糸場は明治5（1872）年に建てられた古い建物です。こんなものがよく残っていたなあ。そんなイメージの西洋風な建物です。2014年6月に世界遺産に登録されました。

なぜ世界遺産なの？

150年以上も前の古い建物だから？

いえいえ、古い建物なら、たとえば法隆寺や金閣寺のほうがはるかに古いですよね。古ければよいのなら、屋久島の縄文杉は推定樹齢7000年です。

ではなぜ富岡製糸場が世界に誇る遺産なのでしょうか。

それはね、江戸時代の鎖国から開国に転じた日本を植民地化しようとした外国から守ったのが、群馬県や長野県の伝統産業であるシルクの生産だったからです。

日本伝統の養蚕業から生み出されたシルク製品。これを欧米に輸出することによって、日本は急速に先進国化しました。明治から昭和初めにかけて、日本の輸出品のダントツのトップがシルク製品だったのです。

もしこの主力商品がなかったとしたら、当時の日本はどこかの国の植民地になってしまったかもしれません。多くのアフリカ、アジア、南米諸国のように、日本国民は大変な苦難を背負ったことでしょう。今でも第一言語が英語かフランス語かスペイン語かポルトガル語だったかもしれません。日本語は第二言語としてかろうじて残っていたという残酷な展開になったかも。

それをはねのけたのがシルク製品の輸出による収益でした。

まさに日本を植民地化という国難から救ったのが絹織物だったのです。

そして、お金持ちしか手が出なかった絹織物文化を世界の庶民に普及させた功績も大きいものがありました。

だから、養蚕業からシルク製品生産に至る絹産業の象徴として、富岡製糸場をはじめとした群馬の絹産業4施設の世界遺産登録が成立したのでした。

独立した群馬国として、外国首脳との会談や歓迎夕食会などを催す施設を富岡製糸場の隣に建てたことは当然の成り行きでした。

もちろん近代的なビルではなく、明治時代の色合いが濃いレトロな赤レンガ造りです。外国首脳との夕食会にしても、豪華なフランス料理などは意味がありませんよね。

旅館経営の赤城忠治と農業一筋の尾瀬はるかが言い出しました。

「群馬にきて、西洋料理を食べたいなんて思うわけがねえべさ。俺たちだって、どっかに旅行に行ったらその土地の料理を食べたいもんさね。群馬なんだから『これが群馬の伝統食だ』って料理を出したいやねえ」

「あたしも同感だいねえ。そんな料理を並べるのが、本当のおもてなしじゃないのかねえ」

おもてなしの本質を考えれば、ごく当たり前の考えです。

ある外国首脳との夕食会のメニューを見てみましょう。

こんな和食のフルコースです。

前菜は群馬でとれる山野草の和え物。

刺身の皿にはマグロやボタンエビがあるはずもなし。言うまでもなく、主役は刺身コンニャクです。さらには群馬が誇る川魚であるアユやニジマス、イワナなども刺身として活用します。

そして焼き物は、アユの塩焼き、あるいはニジマスの稲ワラ焼き。

肉は赤城山麓で生産された上質の豚肉のロースト。

なにより欠かせないのは、群馬の伝統料理「おっきりこみ」です。

肉や野菜の具材を煮込んでしょうゆか味噌で味つけした鍋に打ちたてのうどんの生麺を放り込んだ、いわゆる煮込みうどん。

かつて農家のお母さんたちが、農作業に追われて時間のない中で「家族のために暖かくて栄養豊富な食事を出したい」と、食料が乏しい時代に精一杯の工夫をしたのが、伝統のおっきりこみです。

おっきりこみを出す際には、一人ひとりに、10枚以上の小皿に乗った野菜類が供されます。これを見て外国の首脳たちは、「これはなんなのだ?」と不思議そうな顔をします。

そりゃあそうですよね。

尾瀬が笑顔で説明します。

「みなさん。これは群馬の言葉で『こ』と言います。アルファベットでKとOね。分かりやすく言うと薬味なんですね」

小皿には、おろしわさび、いりごま、おろししょうが、刻みねぎはもちろん、茹でた青菜、きんぴらごぼう、焼きなす、煮豆、だし巻き卵、野菜のかき揚げなどが並んでいます。これだけで、和食のちょっとしたコースみたいな雰囲気さえあります。

「食べる物に不自由して、うどんをするしかなかった時代のことですよ。心優しい群馬の人たちは、家族のために、来客のために、田畑や山を駆け回っては、できる限りの材料を集めて、切り刻んで、煮て、焼いて、油で揚げて、なんともバラエティーに富んだ薬味を整えたんさあ。あたしんちのお父ちゃんは、今でもうどんを食べる時は『こ』を持ってきてくれって言うんだよ。『おらあ、焼いたなすと油揚げがいいやいねえ』なんて言いながら」

農林大臣の頭の中は、日頃の農家の主婦に戻っています。

「うどんしかないけど、目の前に並べたいろんな『こ』を混ぜて味を楽しんでね。味わいが変わるから、たくさん食べられるし。いつもこんなふうに言うんさあ。外国のみなさんも、たくさん食べてよ」

そう笑顔で言いながら。

人としての愛情とか思いやり。それを具体化したのが、この「こ」と言われる薬味文化であるわけです。

見た目に華やかなフランス料理を並べるよりも、こんな話をしながら素朴な料理を楽しんでいただく。そんなおもてなしに、心打たれない人がいるはずがないのです。

「素朴な建物内で味わう、素朴な群馬の伝統食。これこそが外交の真髄じゃあないかね。群馬国の人たちは、誰もがそう信じて疑わないんさ」

国家元首たる条太郎が勧める素朴な群馬御膳です。

人をもてなす。自らの精一杯の誠意を示す。それはどういうことなのだろうか?

その神髄を誰よりも分かっているのが、群馬国の国民だったのです。

駆け引きだの、謀略だの、腹の探り合いだの、そんなことは無縁の外交戦略。

「それが通じてこそ、『世界一の幸せ』という勲章を手にできることは、間違いないんさ」

子どもの頃からおっきりこみを食べて育ってきたと明言する条太郎は、そのことを信じて疑わないのです。

「おいおい。群馬国ではアメリカの大統領がきても歓迎晩餐会に刺身コンニャクだってさ。貧乏性丸出しじゃないの？」

食通を自認する東京都内の政治家たちからはこんな声が上がります。

「メインディッシュが豚肉やて？　アホちゃうか。なんで牛肉使えへんのや」

食肉でなにが一番美味しいかというと、いまだに値段の高い順に、牛肉・豚肉・鶏肉と思い込んでいる大阪の経済人が、意味不明の批判を展開します。

牛肉の値段が豚肉や鶏肉よりも高いのは、同じ量の肉を生産するのに牛肉が最も時間と費用がかかるからなんですよ。味の比較ではありません。生産効率っていうことですね。

それが分かっていないから、いまだに大阪の人たちが、的外れな言い方をするのです。

「群馬じゃあ、豚肉ですき焼きを食うとるそうやないかい。正気の沙汰やないでえ」

分かってないなあ。

牛肉、豚肉、鶏肉。どれもおいしい。

これが結論なのです。素材そのものの味わい、そして、料理のやり方、つまり手の加え方ですね。これでどの肉も、素晴らしい味になるわけです。

若い頃から食い物道楽を続けてきて、食文化にも詳しい俳句作家の草津湯治が、解説は自分に任せろと前に出てきました。

「群馬では、長い歴史の中で豚肉が庶民に愛されてきたんだいねえ。ダントツの品質の豚肉が生産されていたんさ。だから焼いても、煮ても、揚げても、蒸しても、素晴らしい味わいの豚肉料理が、それぞれの家庭内でつくられてきたわけなんさあ。最高の豚肉料理文化が形成されていたってわけだい。それが群馬の伝統なんだいねえ。そんな最高の素材を、外国からきた首脳に出さずして、なにを出すっていうんだい？」

実際に、こんなおもてなし料理を食べた外国の要人は、一様に驚きの声を上げ、同時に感激を隠しません。

「この滑らかで弾力のある食感の素材はなんだ？」

「なになに、コンニャクというものなのかね。この味噌ソースをつけて食べるのか？」

「素材自体は味がしないようだね。いや待てよ、素朴だが深い味わいがあるような気がする」

普段はフォークとナイフでステーキをつついている外国の首脳が、きちんとした感想を口にします。味覚の鋭さ、さすがだね。

「この魚の切り身のソテーは、ニジマスというのですか？　あっさりとしているんだが、噛んでゆくと独特の味わいがあるぞ。それに、ここに漂う豊かな香りはなんなのだ。燻製なのだろうか」

ニジマスの稲ワラ焼きについても、外国首脳による味への正確な評論が展開されます。頼もしいなあ。

おっきりこみと、あまりにも豊かな薬味である「こ」が出てきても、器用に箸を使いながら美味しそうに食べる姿が、ほほえましい限りです。今時の西洋人は、ほとんどの人が箸を使いこなします。

「いろいろな薬味を使っていくと、ヌードルの味が変わっていくから楽しいね」

「何杯でも食べられそうな気がする。一杯のヌードルに対し、群馬国の人たちはここまで気を配っているのか？」

その通りです。人間への最大の愛情表現が、この「こ」という薬味文化なのです。


「驚いた。我が国には薬味という考え方は存在しないのだよ」

驚きを隠さない外国首脳もいます。

日本国各地には、こんな薬味文化がかつてはありました。群馬国でも日本国でもいまだに愛用されている辞書中の辞書たる「広辞苑」にも、「こ」の項に「薬味」という記述があるほどです。しかし、この豊かにすぎる薬味文化は、時代とともに消え去り、きちんと伝承してきたのは群馬の人たちだけなのです。

群馬国としてはこの薬味文化を世界遺産に登録申請しようと思っています。言うまでもなく、「世界一豊かな愛情あふれる食文化」としての意義づけです。

おっきりこみのほかに、お焼きを出すことも多いのです。

またまた尾瀬の出番です。

「昔の農家じゃあ、こればっかりだったんさ。小麦粉を水で練って固めて、鉄板でこんがり焼いて。そっけない焼餅さね。中にふきやせり、煮豆とかなすの味噌炒めなんかが入ってれば、大喜びだったいねえ」

これも、「粉食王国」群馬の伝統郷土食です。

これを食べたエジプトの首脳が言いました。

「何千年も前の古代エジプトでも小麦粉を使ってパンを焼いていた。もちろん、最初は、こういう味だったのだろう。そこへ、酵母菌が混じってふっくらと仕上がったおいしいパンになったんだ。だから、このお焼きは私たちが愛するパンの原点なのだろうね。両国民は大昔に同じ物を食べていたんだね」

「その通りです。あんた、食べ物のことが分かってるねえ。でもね、エジプトの小麦より、群馬産の小麦のほうがうまいんさ。あたしんちの畑でつくってる麦は最高だがね」

「なるほど。ナイル川よりもトネガワの水の恵みってことですかな」

すかさず迦葉あかりが芝居っ気たっぷりに語り出しました。

「そうだ。ナイル川と利根川の歴史を組み合わせて、エジプトと群馬の国民で演劇をしませんか？　私が脚本を書くから、華やかな国際芝居をさあ。なんだったら、みなさんみたいな国会議員が役者に加わってもいいいんさ。面白い舞台になるよお。エジプトからきたあんたは、古代エジプトの王様役にピッタリだ」

「ほほお。だったら私は最大のピラミッドをつくったクフ王の役をもらいたい」

「いいよ。じゃあ、誰かヤマトタケルノミコトをやりたい人いる？　高原キャベツの嬬恋村の名前のもとになった人だよ。ええ？　時代が合わない？　いいじゃないの、細かなことは。歴史上の有名人をたくさん出そうよ」

食事会の場もまた首脳会談にほかなりません。郷土色にあふれた料理を提供することで、話は弾む一方なのです。

これは群馬の食文化の底力と言うべきものにほかなりません。

百数十年前に建てられた赤レンガ造りの古い工場跡。そんな富岡製糸場を模して建てられた群馬ならではのレトロな迎賓館。そこで味わう素朴でありながら、優しさにあふれる群馬の伝統食。国は違っても、人の心の奥底には共通するものがあります。

高度な外交戦略には欠けるかもしれない、生まれたばかりの群馬国ではありますが、こうやって、「心に訴える外交」を続けていったのです。

シーン16
不適切なコンプラを放り出すべえ

日本が閉塞感でいっぱいになった理由のひとつが、「令和流のコンプライアンス最優先主義」にあることは間違いないでしょう。コンプライアンスを「法令遵守」と直訳すれば「法律を守ることは人として当然じゃないか」となりますが、日本を覆ったコンプラの波は「法令遵守」よりも「倫理観」「社会規範」「公序良俗」などの感情面が最優先になっているのですから。

例の「なんとかハラスメント」が無数に浮上してしまったのは、その象徴にほかなりません。群馬国政府でも議論になるし、国民各層に参加を呼びかけた検討委員会でも、この話題に終始したのです。

「あのさあ。日本の年号でいうと平成から令和にかけて、世の中がおかしくなったと思わないかあ？」

昭和世代のおじさんである条太郎は、話が通じやすいという理由で70代の坂東太郎に話しかけたことがあります。坂東も「昭和のおじさん」だからです。

「条さん、そうなんさね。特に令和になってからひどすぎないかい？　なんでも『ハラスメント』ってつけて『○○ハラ』『◇◇ハラ』だがね。いったいいくつ『～ハラ』があるんだんべえ？

昭和の頃はセクハラ、パワハラぐらいしかなかったいねえ」

「カスハラ、モラハラ、アルハラ、リスハラ、テクハラ……。なんでもかんでも『いやがらせ』だからなあ」

「子どもや新入社員に『がんばれ』って励ますのもアウトらしいがね。パワハラなんだと。ばかばかしくなってくるんさ」

「だけどよお。今じゃあ、不機嫌な顔を相手に見せると『フキハラ』らしいわ。ため息ひとつつけねえ。ばかばかしくなってくらいねえ」

「こないだ、病院に親を連れてったけど、その診断に納得がいかねえから、別の病院に行ったんさあ。セカンドオピニオンってことだいねえ。そしたら。そこのお医者さんがひとり目のお医者さんと知り合いでさ。心配して連絡がいったみたいさ。ひとり目のお医者さんが不機嫌なんだよ。これって患者の嫌がらせになるんか？　『カンハラ』っつう具合に」

「役所の窓口なんかのガヤガヤした場所で窓口の人の言うことが聞き取れないので、耳に手を添える仕草をして『ええ？』なんて聞き返すと、これも相手の気分を害すからハラスメントらしい。『エエハラ』とでも言うんかいなあ？　これはひどいよなあ」

「なんでも『コンプラ違反』『不適切発言』だからなあ。条さん、これっておかしくないかあ？」

群馬が独立する前の日本社会は、おかしなことが流行していました。

子どもや若者に厳しく対応しちゃいけないらしいのです。世の中なんでも「優しく対応」なのだそうですが、それって本当によいことなのでしょうか？

その一方で、世代間の対立や所得格差なんかは、拡大するばかりだったじゃないですか。政府内でも、休憩時間になるとこの話題で盛り上がります。

「私らみたいなリタイア組の70代なんか悲惨なもんさ。ちょっとシャレた服を着れば『年寄りのくせに、痛い！』って悪口言われるんさ」

「坂東さん。それ、ほとんど『難癖』だよね。若者は全身から『若さ』っていうエネルギーがほとばしるから、地味な服装でもはつらつとしてるんさ。ところが年をとると、若者時代にあったエネルギーがダウンする。だから服装くらいは鮮やかな色彩のほうがむしろ適切なんだ。世の中、そこが分かっていないね」

「草津さん。そうだいねえ。だから『不適切なコンプラ』や『不適切な言葉』は、群馬では捨てっちまう流れにしたほうがいいんじゃねえの？」

「その通りだよ、坂東さん。子どもや若者を厳しく育てる、指導する、導く。これがコンプラ違反だなんて、人間の力を弱くするだけだいねえ。俺だって俳句の弟子には厳しく指導してるんさ」

「若い議員さんたちは知らないだろうが、星飛雄馬と伴宙太だって、グラウンドでうさぎ跳び競争をした末に生涯の親友になったじゃないの。花形満も『命を賭けて』鉄球を鉄バットで打ち返す練習を重ねて、全身の筋肉がズタズタになりながらも星の大リーグボール1号を打ち砕いたんだ。厳しくしなきゃ、人は成長しないやねえ。花形の特訓やうさぎ跳びは非科学的だけどね」

「昭和だからなあ、坂東さんは。もっとも、スポーツなんだから本当に命を賭けちゃあいげねえけどね。大金持ちで独身の花形の決死の特訓に、左門豊作が『花形君がうらやましか。わしには命がけの特訓などできん。わしには幼い弟や妹がいるから、1本のホームランで長期欠場などできんのですたい』みたいなことを言ってたがね」

「草津さん、訳知り顔で言うねえ。無理はいいけど、無茶はいかんよ、今だって。そうだ、伴は星が大リーグボール3号で左腕が使えなくなった後に、右腕投手としての奇跡の復活を全面支援した大恩人だったいねえ。こんな深い友情は考えられないがね」

おじさんたちの会話に、30代の迦葉あかりが割って入ります。

「誰ですか、60年も前のスポ根アニメで盛り上がっているのは？　話は『人生には厳しさが欠かせない』ってことでしょう？　厳しさは大賛成。私は団員から鬼座長って言われてるんだけどね」


30代の青年世代である尾島満徳は「言葉によるごまかし」について指摘します。

「言葉を変えて本質を隠すごまかしって、昔からやってきたがね。我慢ならないのは、犯罪行為みたいなものを、肯定的な言葉で覆い隠す風潮だい。売買春っていう明らかな犯罪行為を、若い女の子とそれを狙う男たちが『援助交際』って言葉でごまかしてきたじゃないか」

同じ30代の渡良瀬杏も同意見です。

「そうそう。情けないけど、私のまわりにもいるのよ。そういう言い方をすれば、10代のコギャルたちは『犯罪行為をしている』って気にならないらしいの。『援助』も『交際』も、言葉だけ見れば前向きな印象だからね。言葉って怖いわ」

タクシー運転手の水上匠も参戦してきました。

「許せねえのは『出会い』や『マッチング』って名前のアプリだ。『出会い』ってロマンチックでいいイメージの言葉だよね。まともな結婚相談所もあるんだろうけど、事件になったことも多かったじゃないか。僕のタクシーの客でも、車内で出会い系サイトにコンタクトしているやつが大勢いる。日本はとんでもなくおかしくなったと思わないかい?」

その通りです。

この後は、そこにいた何人かが言いたい放題。

「親でもない男性に頼って物を買ってもらったり、ほめられるものではない行為に及んだりしたって『パパ活』だって言えば、後ろめたくないらしいし」

「○○活って言い方も、○○ハラとおんなじで、やたら使うよねえ」

「就活、恋活、婚活、妊活、推し活……、葬式の準備の終活は誰でも知ってる」

「まだまだある。ラン活、腸活、ヌン活、ソー活、ソロ活。意味が分かんねえ」

「言葉の短縮、とくに芸能人の名前の短縮は昔からあったけどね」

「バンツマ、カツシン、バンジュン、このあたりは役者の名前が分かるべ?」

「いいえ。若者は誰も知らない」

「マッケンやキムタク、フカキョンあたりは、誰だって知ってるべ？　バンツマの息子なのに、あれだけ有名俳優だった息子の田村正和はなんでタムマサじゃなかったんだあ？」

「俳優じゃないけど、『オバケのＱ太郎』は『オバＱ』じゃないかね。これは日本の常識だったいねえ」

「もう、おじさんたち、ぜーんぶ、古い古い。フカキョンだって、キムタクだって、今の大学生から下はよく知らないんじゃないの？」


「ともかくよお。わけの分からねえ『ハラ』と『活』は、そろそろ群馬国じゃあ、やめにしねえかい？」

「だったらよお。『広辞苑』とか『現代用語の基礎知識』みとうな辞書類があるだんべ？　あんなのよりも『群馬国民の基礎知識』を、一刻も早くつくらにゃあなるめえ」

「道で泣いてる子どもを見たら『かわいそうに』じゃなくて『おげねえやいねえ』。人に借金したら『必ず返しなよ』じゃなくて『早くなしない』。クラスで一番成績が悪かったら『ビリだ』じゃなくて『ゲビ』。目の前の料理に『とってもおいしそうですね』じゃなくて『なっからうんまげだいねえ』。そんな具合かい？」

「運動会で一等賞の子に『徒競走で……』じゃなくて『とびっくらで……』。壁のポスターを『はがしてくれ』は『おっぱいでくんない』か。なんか言葉の響きがひわいだなあ。親に肩車されて喜んでいる子に『てんぐるま、楽しかんべ？』か」

「急に道路に飛び出そうとする子には『あぶせえがな』と怒んなきゃなんねえ。パソコンを壊しちまったら『もしかしたら、壊してしまったかも』じゃなくて『ぼっとかすっと、ぼっこしちゃったかもしんねえ』か」

「いいねえ、そんな具合だいねえ」


とはいえ、議論は続きます。


男女平等やジェンダーフリー。そう言った言葉が世界中でクローズアップされているほど、まだまだ人間社会は男性優位社会であるということなのでしょうね。独立した群馬国の国会議員は男女半々という条件をつけたのですから、国全体としてもジェンダーフリーを強く主張してゆくことが、群馬国として世界中から認められる近道のひとつかもしれません。新たに国民各層に集まってもらって発足した「言葉の表現から本質を正そう委員会」でも、議論が白熱しました。

「だってなあ、群馬は昔っから女性優位社会だったがね。『かかあ天下』っつう言い方が今でもあるだんべ？」

「そうだそうだ。天下なんて言うと、秀吉の『天下人』みとうに、天下を取ってるとか、えばってるようなイメージがあるけどさ。この言葉は、女が強いっつうことじゃないんさ」

「そうそう。かかあ天下っていうのは、働き者の妻を指して世の男どもが『うちのかかあは天下一だいねえ』と自慢していた言葉からきてるんだ。その天下一から、いつの間にか一が消えて、かかあ天下になったってことらしいんだ」

「まあその話が本当かどうかはさておいて、頼りがいのある女性が多いのが群馬の特徴だってことはたしかだな」

「だからよう。せっかく独立したんだから、このジェンダーフリーっつうのをもっと広げようや」

「選択的夫婦別姓っていう問題もあらいねえ。あれも本気で考えていかねばなんねんさあ」

「そうだそうだ。前から引っかかっていた言葉があるんだけどさ。それを改革していきたいと思わねえかい？」

「なんだい？　その言葉って？」

「夫婦のうちの夫をさして『ご主人』とか『旦那さん』とか言うだんべ。妻ならば『奥さん』だがね。家父長制の権化みたいな感じの『ご主人』『ご亭主』とか、雇用する者と雇用される者の関係みたいなイメージのある『旦那さん』をみんな普通に使ってきたけど、元々の言葉の意味を考えれば違和感があるっていう人はたくさんいる。そういう主張には納得するんさ」

「家の奥のほうに引っ込んで、家事仕事をしているから『奥さん』か。まあこれも、社会的な決めつけ表現だよね。若い女の人なんか結構これを嫌ってるぜ」

「うん。言葉の意味からすればそうなんだろうけどさ。じゃあ、どんな言葉にするんだい？」

「ご主人・奥さんの代わりに、『夫さん』『妻さん』って言い方じゃあ抵抗あるんでないの？」

「急にそんな言葉になれば、たしかにちょっと首をひねるさね。でも言葉って時代とともに変わっていくものだからね。もしかして5年、10年と使っていたら、なじんじまうかもしれないぜ」

「パートナーってのはどうだあ？」

「目の前の相手にさあ。『あなたの奥様は……』なんて言う時に、『あなたのパートナーさんは』って言うんかい？」

「う～ん。夫さん、妻さんよりは言いやすいかなあ？」

「そうかあ？　パートナーってなんか話し言葉としては堅苦しくないか？」

「『連れ合い』って言葉があるべ？　これに丁寧語の『お』をつけてさ。『お連れ合い』っていうのはどうだい？　これなら目の前の女性にも、夫のことについて聞く時に、『お連れ合いはお達者ですか？』なんて言いやすいんじゃないかい？」

「お連れ合いかあ。言葉の柔らかさからさあ、女の人が使うのはいいかもしれないが、男が使うと柔らかすぎないかあ？　和服着ている女の人なんかが言うとしっくりくるけど……」

「柔らかすぎるってさあ、そう考えるのがジェンダーに縛られてるってことじゃないのかい？」

「言葉だけ変えたって、世の中のみんなの考えや行動が変わらなきゃ意味がないんさ」

「それはそうだけど、不適切な言葉というのは変えていったらいいんじゃないの？　ご主人、旦那さん、奥さんていう言葉が不快だって考える女性が多いのなら、それはやっぱり変えていくべき問題だろう？」

「だったら、世論調査でもしたらよかんべえ。国民に『おかしいと思う言葉』『避けたい言葉』を挙げてもらうんさ」

「そらあ、いいやいねえ。特に若い世代からすれば、そんな言葉がなっからあるんじゃねんかいねえ」


「夫婦っつえばよお。夫婦げんかは、言葉のぶつけ合いだけじゃなくって、やっぱりメールとかのほうがいいぜえ」

「なんで?」

「だってよお。俺もかみさんとよく口げんかになるんさ。『あんたはさっきこう言ったじゃないの』『うそべえ言うない。おらあ、そんなことは言ってねえやい』ってな調子で堂々巡りだ。これ、SNSでやってりゃあ、言葉と違って証拠が残るがね。『ほれ、このスマホを見てみろ。おめえがこんなふうに言ってるじゃねえっきゃあ』てことになる。けんかするには、言われっ放しじゃなくて『領収書をとっておけ』ってことだいねえ。いやいや、政治家流にいえば『議事録に残しておくべえ』ってことかいなあ」

「なるほど。言葉に頼らない時代も、全部が全部悪かあねえやいねえ。会社で上司と部下もメール。役所の問い合わせもメール。家族や友人同士はもっぱらライン。デートでの会話もお互いの顔を見ないで、スマホをのぞき込んで……。いやな世の中になってゆくと思ってたけどさ」

男女平等、ジェンダーフリー、象徴的な言葉の改革……、議論は尽きないのです。

「時代の流れから言って、不適切なものは改革する、あるいは捨て去る。適切なものをつくり出してゆく。これをやらなきゃあ、僕らが目指す『成熟社会』にはなんねえよ」

条太郎の言葉を待つまでもなく、政府の人間も国民も、大切な課題だととらえているのです。

シーン17

でっけえ千手観音像が建ったがね

新たに独立した群馬国で、独立記念モニュメントをつくろうという考えが出てきたことは当然の成り行きでした。

いろいろな考えがありましたが、「群馬らしい」という観点から、高崎市郊外の観音山丘陵にある白衣大観音像みたいなものがよいのではないかという話に集約されていきました。

観音山丘陵の慈眼院《じげんいん》境内に立つ高さ約42メートルの大観音像は、太平洋戦争前の1936（昭和11）年に建立された鉄筋コンクリート製の巨大建造物で、この地に暮らす者のシンボル的な存在になっていました。ただ、コンクリート建物の耐用年数という意味では限界に近づいていました。将来性を考えると、この観音像に代わる建造物が必要ではないか。そんな考えが独立前からありました。

昔から群馬の人たちはこんなふうに思ってきたのです。

「東京から電車に乗って帰ってきて、窓の向こうに観音山丘陵が広がる。その真ん中の山頂あたりに白衣大観音像が見える。すると『ああ、帰ってきたなあ』という気分にひたれるんだ」

まあ、そういうことです。

群馬のシンボル的存在である観音山丘陵ですが、なぜ観音山と呼ぶかについては、多くの人が誤解していました。

「白衣大観音像があるから観音山なんだろう?」

これは大きな間違い。

正確には、この観音山丘陵に808（大同3）年、征夷大将軍坂上田村麻呂によって開かれた清水寺（正式には「せいすいじ」のようですが、お寺側も地元の人も「きよみずでら」と言っています。中心街を見下ろす「清水の舞台」もあることだし）の本尊が千手観音であるために、観音山の名前があるわけです。

清水寺は現在でもここにあり、520段もの石段が知られています。石段の両脇にはアジサイが植栽されて、5月から6月にはそれはそれは美しい光景が楽しめる名所です。

そこで、独立のモニュメントとして、「観音山丘陵に千手観音の大きな像を建てよう」となったのは、自然なことだったかもしれません。

ただ、巨大建造物の建設工事となると、場所としてもっと広いところのほうが工事しやすいのは当然。完成後に大勢の人がやってくることも考えなくてはなりません。そこで清水寺や慈眼院よりも少し南に位置する、昔は県立公園で、今やナショナルパークとなった広大な面積を誇る観音山ファミリーパークの中に建てることになったのです。

新たな千手観音像の高さは、これまでの観音像を上回る約50メートル。太平洋戦争前から戦後にかけて、かつて日本の国内には巨大な仏像というものはいくつもありませんでした。誰もがその存在を知っているという大仏像をあげれば、奈良の大仏（台座を含めて約18メートル）、鎌倉の大仏（台座を含めて約13メートル）、そして高崎の白衣大観音像ぐらいなものでした。

奈良や鎌倉は座像、つまり座っている大仏です。これに対して高崎の観音像は立像ですから、42メートルという高さは「日本一」と呼ぶにふさわしいものでした。

高さだけで考えれば、今日、茨木県牛久市の牛久大仏（120メートル）や仙台市の仙台大観音（100メートル）など高崎の観音像をはるかに超える高さを誇る大仏が建てられています。とはいえ、どれも伝統的な仏像スタイルです。

これとは逆に、群馬国政府が計画した新たな観音像のデザインは、伝統的な千手観音のイメージに、現代美術的な要素も加えた斬新なものでした。たくさんの手を持つ荘厳な観音像というよりも、大空に向かって「ややとがった感のある」というか「スタイリッシュな」、あるいは「シュールな」、ともかく大空に飛び出しかねないような雰囲気にあふれた建造物でした。これも21世紀流なのでしょうね。

まあ、独立記念モニュメントだから、やや抽象的なスタイルでも、それはそれで、評判はなかなかのものになりました。

それだけに、国民にしてみれば「新たな名所ができた」といった気分にひたれたのです。


工事中はずっとテントのような幕に覆われていましたから、どんなデザインか分かりませんでした。こうすることで、群馬国民をワクワクさせる結果となったのです。

完成の日を迎えて、覆いが取り払われた開眼式。

地元住民も、政府関係者も、全員が歓声を上げました。

「突貫工事だったんですかあ？　思いのほか早くできましたよね」


「でっけえなあ。白衣大観音よりもでっけえんかいな？　すんげえもんができたいねえ。街中からもよく見えるだんべ」

「デザインも現代的でいいじゃないかい？」

「そうかあ？　観音像っていうより、なんかでっけえロケットに見えなくもねえぜ」

「伝統的な仏像もいいけど、やっぱり未来に残すモニュメントだからなあ。あんまり抹香臭くっちゃあいげねえよ。これで、いいがね」

「でもさあ。なんで完成までずっと覆いで隠してたんだあ？　普通は期待を盛り上げるのに、途中で見せたりしてなかったっけ？」

「それはそれ。全部完成してからのお楽しみにしたかったんさね」

「へえ。なんで工事終了まで見せなかったんさ。ぼっとかして、赤城山中にあるっていう『徳川埋蔵金』でも観音様の腹の中に詰め込んだんかあ?」


ともかく、観音山丘陵にはこれまでの白衣大観音像とともに、きわめてモダンなデザインの千手観音像が並び立つことになったのでした。

千手観音像の伝統的な美しさと、先進的かつ前衛的な機能美は、国際社会における新興国・群馬の存在感を強くアピールするものとなったことは、言うまでもないことでした。

それ以外にも、意味があったのですがね。もちろん、徳川埋蔵金が隠されていたわけではありません。が、ここでは、まだ……。

シーン18

三大都市圏連合軍をけちらさにゃあなるめえ

日本列島の中には、群馬国の順調な歩みを快く思わない勢力がかなりありました。

大都市部を中心に、そんな勢力が暗躍していたのです。

「政治でうまい汁を吸いたい」

「多くの利権を手にしたい」

「商売で大金儲けをしたい」

そういう勢力にとっては、圧倒的多数の国民が「弱者」であるほうが好都合でしょう。国民の間の格差是正など、もってのほかだったのです。国民のみんなが「平等」ではいけないのでした。ですから、そんな勢力にとっては、みんなが平等で、素朴な国民的幸せを追求する群馬国の存在は邪魔者で、群馬みたいな考えが広がっては困ってしまいます。

だからこそ、最初は経済封鎖や進学差別などの神経戦を仕掛けてきたのです。

にもかかわらず、群馬国は独自の価値観で発展の道を歩んでいただけに、歯ぎしりする思いだったはずです。

「群馬の独立など、認められるものか。元通りの日本に押し込めてくれよう」

その歯ぎしりの音が、さらに高まる事態が起こりました。群馬国の姿に共感して、「そんな幸せの形に共感する。群馬国と合併したい」と考える地域が出始めたのです。

同じ北関東のいじめられっ子仲間だった栃木県や茨城県です。

さらには山梨県や長野県、新潟県もそんな希望を群馬国の政府に申し入れてきました。

やはり印象の薄い感がある山形県も、「飛地になりますが仲間に加えてもらえますか？」と言ってきました。群馬とすれば、もちろん歓迎です。

たしかに飛地です。そのままでもよいのですが、群馬国と新潟県との合併が実現すれば、山形県も飛び地ではなくなります。

そうそう、岐阜県からも仲間入りの要望が寄せられました。やっぱり、大都市の愛知県に圧倒されて、「飛騨高山や長良川の鵜飼いは超有名だけどなあ……」と言われがちな地味な県です。やっぱり、いじめられっ子の立場に我慢ならなかったのでしょう。これも飛び地ですが、群馬国が長野県と合併すれば、岐阜県は地続きですね。もちろん、飛び地だってよいのですよ。

こうして、群馬国誕生がきっかけとなった「新時代ネットワーク」が拡大してゆくのではないかという機運が出てきました。もちろん、これこそが条太郎たち群馬国の政府が狙った展開だったのです。

こうした動きが出てきたことは、当たり前です。

国民の間の格差が異常に開いたり、老後がとてつもなく不安だったり、将来展望が見えない若者が結婚に背を向けたり。

食料自給率が極端に低下して、いつ国民同士で食べ物の奪い合いになるか分からないような、不安にあふれた社会。

そんな日本をつくってきたリーダー層に、多くの人が背を向けて、心から豊かに暮らせる国づくりを考え始めたのです。

この波の広がりを許せないと考える勢力は、自分たちの希望をごり押しして、群馬国の野望を打ち砕くために必死の反転攻勢に出ようとしました。


戦術は、やはり神経戦です。

東京など首都圏4都県の連合軍はついに就職や通勤への差別まで持ち出してきました。

新卒の大学生、転職先を求める社会人たちにも、とにかく面接の場で群馬国民であることが分かると、こんな言葉が。

「外国の人はなあ……。国が違うとコミュニケーションも取りにくいしなあ……。当社には合わないのではないでしょうか」

「わが社の女性社員に『12時だからランチにすんべえ』なんて群馬なまりが移ったらカッコ悪い

じゃないですか。オール標準語でしゃべれるようになったら、出直してきてください」

「群馬からでは通勤も大変でしょう？　片道2時間以上かかるのではないですか。それじゃあつらいよね」

「やっぱり地元群馬で就職したほうがよいのではないですか」

こんな応対ばかりです。

面接官が「この人はぜひともわが社に」と思った人材がいたとしても、日本社会の陰に控える「見えざる存在」による「群馬国民は雇うべきではない」という有形無形の圧力にはさからえないのです。


そうそう、「通勤が大変だ」などという話題が出たところで、鉄道についても群馬差別を明確に打ち出してきました。

「高崎線に乗っていたら驚いたんですよ。埼玉県の籠原から北は、電車のドアが自動で開かないのよ。降りようと思ってドアの前に立っていても、ドアが開かない。そのうちに電車が発車してしまう。そんな乗り越し事件がしょっちゅうありました。駅員に文句を言ったら『籠原以北の停車駅では、ドアの横の開閉ボタンを押してください。自動では開きませんから』と言うじゃないですか。信じられない。ここは日本じゃないか。どこの国にいるんだって驚きました」

「とんでもなく田舎だっていうことですよね。まあ今までは日本人同士だから田舎者だって都会の電車に乗ることを許していたけど、今は外国人だからなあ。そういう田舎からきた外国人に都会の電車は無理だよ」

　罵詈雑言はさらに続きます。

「群馬では、子ども遊びのかるた、上毛かるたっていうの？　あれを200万人全員が熱中しているらしいじゃないか」

「かるたの読み札をすべて暗記している人には、国民栄誉賞が与えられるという話を聞いたことがあるぜ。なにを考えているんだか」

　かるただけの話では終わりません。

「それに、群馬出身の人で、有名人っていないよね。映画俳優とか歌手とか小説家とかさ、誰でも知っているような人って、どこの県でも必ずいるんだけども、群馬はいないよねえ。民度の問題かなあ」

　ほとんど、根拠のない「いちゃもん」の世界ですね。

　これに対して、群馬国の政府側は冷静に、理論的に反論していったのでした。

「電車の冷暖房効果を損なわないように、人が乗り降りしないドアは無駄に開かないようにすることなんて、当たり前だがね。自動ドアという決まり切った効率よりも、本当の意味で効率的なのが、自分で押す開閉ボタンということじゃないんかい？　ここは柔軟性の問題だがね」

「電車のドアの手動開閉ボタンで『群馬は田舎だ』なんてつまらない悪口を言っているけど、東京都内だって同じだがね。そう言う人は青梅線や奥多摩線に乗ったことがねんだんべえ？　ここの電車も、やっぱりドアは自動開閉できねんさあ。脇にある開閉ボタンを押さなくてはならないんさ。まさか青梅や奥多摩は、東京じゃないって言うんじゃなかんべえ？」

こんなふうに理詰めに反論されたら、ものを知らずに優越感にひたっている都会の人たちは、ぐうの音も出ません。

「高崎線が田舎路線だの、車内に草が生えてるだのと言うけど、都会の人は自分の無知をさらけ出しているんじゃないんかねえ？」

都会の人が不安げな顔になってきました。

「ええ？　なんのことです？」

さあ、反転攻勢です。

「高崎線が開通した明治はじめ、この路線は人を運ぶことよりも、貨物が中心だったんさ。なにを運ぶか？　言うまでもなく群馬で生産されたシルクだいねえ。これが高崎線の列車で横浜港に運ばれて、ヨーロッパやアメリカに大量に輸出されたんさ。そんなシルク輸出の貿易黒字で、日本は急速に先進国化していったんだい。だから高崎線は『鉄のシルクロード』っつうわけだがね。そういう輝かしい歴史を持った鉄路なんだよ。都会の人は学校の社会科の授業で習わなかったかねえ」

「………」

「そんなことも知らねえで、自動ドアが開くの開かないのと、つまらんことを言っている暇があったら、ちっとんべでいいから歴史の本でも読んでみたらよかんべえ？」

都会人は顔面蒼白です。

「かるたがどうのこうの言っているけんど、群馬国民は子どものうちから単なるかるた遊びをしているわけではないんさね。かるた以外の副読本がすげえんだい。かるたで読まれている郷土の代表的な歴史や文化や物産や人物などを分かりやすく解説した、オールカラー印刷のでっけえ本が各学校に行き渡ってさあ。かるたの内容について深く勉強しているっつうわけだ。単に絵札取りゲームをしているわけではないんさね。そんな高邁な資料があるっつうことなんざあ、知らなかんべ」

「う、う、う……」

完全に言葉を失う都会人。

「読み札に書かれた言葉だけ覚えたって、実はたいしたことはねんさあ。肝心なのは、その副読本で詳しく勉強して、郷土について深く理解する、郷土に対してプライドを持つ。そういう崇高な使命を帯びたかるたなんさ。まったく、外国の人は分かっちゃあいねえなあ」

こんなふうに、敵側からの「難癖」「いちゃもん」に対して、理論立てて反論していったわけです。

それでも攻撃の手を緩めない首都圏側に、強力な援軍が現れたのです。

中京圏の中心である愛知県、関西圏の中心である大阪府や京都府。こんな関西・中京連合軍が乗り出して、首都圏連合軍に合流してきたのです。これはものすごい戦力でした。まずは、名古屋大学、京都大学、大阪大学など、受験生憧れの国立大学の門を閉ざそうというのです。

「群馬の高校生は、名大《めいだい》にゃあ合格させられんもんで。そうなりゃあ、受験生はどえりゃあつらくていかんわ」

「群馬の人でっか？　みなさんは憧れの京大には入れまへんえ。うちとこは、前の戦《いくさ》の後もずっと都やったさかいに。田舎もんとは性が合わんのどす」

「前の戦？　太平洋戦争ですか？　その頃なら首都は東京で……」

「なに言うてますねん。応仁の乱ですがな」

これだから、京都の人は困ります。

「修学旅行で京都や奈良の古いお寺はんを見られなくなってもええんどすかあ？」

「くるのは勝手やけど、群馬の子が泊まる旅館などあれしまへんがな」

大阪の人は、もっとえげつない。

「群馬？　どっか遠くにあるわいなあ。名前ぐらいは聞いたことあるでえ。アリゾナとどっちが遠いんや。そんなとこから阪大に入らんでもええやんかあ。田舎の群馬大学で我慢しときなはれ」

「昔なあ、群馬でカツ丼注文してびっくりしたでえ。トンカツのソース漬けが飯に乗ってきよったんや。『ソースカツ丼』やて。気色悪うて食えんかったわ。カツ丼いうたら、トンカツの卵とじしかあらへん。あんなもんありがたがっとる群馬人の人間性が理解でけへんわ」

そうでっかあ。そないな意地悪をしまっかあ？　あんたが料理を知らへんだけやないかいな？

やや膠着状態に陥った激闘でしたが、ここで群馬国側に神風が吹きました。
いかなる風だったのでしょうか？

それはまさに奇跡と呼ぶ以外には表現しようのない出来事だったのです。

シーン19
「群馬の温泉で、がんの患者が……」は極秘情報だかんね

群馬対日本の闘いは、いつになっても終わりが見えません。

もちろん、水面下の神経戦です。

そんな激闘の最中に不思議なことが起こりました。


言うまでもなく群馬を含む日本列島全体は火山列島であり、ということは温泉列島でもあるわけです。長い歴史の中で、北から南までいろいろな温泉地があり、多くの人が温泉を楽しんでいました。これは、日本中の常識。


なかでも日本有数の温泉王国だったのが群馬です。

「群馬の名前を知らない」

「群馬がどこにあるか分からない」

そんな多くの日本人にとっても、草津温泉や伊香保温泉をはじめ群馬の温泉地の名前そのものは頭に刻み込まれています。

群馬の中には、大小合わせて１００を超える温泉地があります。
「火山大国の日本列島にある数えきれない温泉地の中でも、長年にわたって人気第一位の座を保ち続ける、『いい湯だな』の草津温泉と、温泉街の中心にある広い湯畑」（草津町）
「全国三大石段のひとつである３６５段の石段街の両脇に伝統の旅館街が広がる伊香保温泉」（渋川市）
「日本最大の利根川の脇に立つ水上温泉」（みなかみ町）
「四万種類の病気に効くというほど良質の温泉が自慢の四万《しま》温泉と、すぐ近くの沢渡《さわたり》温泉」（中之条町）
「湯船らしき半円に３本の湯気が立つ様子を表現した、おなじみの温泉記号（♨）発祥の地で有名な磯部温泉」（安中市）
「美しい渓流の流れがお湯の中に飛び込んできそうな、日本一大きい混浴露天風呂がある宝川温泉」（みなかみ町）
自慢できる特長を説明していったらきりがないのが、群馬の温泉地です。
だからこそ、日本一、いえいえ、独立国となった今は、世界有数の温泉大国なのです。大きな財産なのです。
さて、いつまでたっても振り上げた拳を下せない大都市連合軍は、まだまだ闘いを続けるつもりでした。

だからといって、群馬は一歩も引きません。

まさに膠着状態に陥ったのでした。

そんな時、第一次、第二次と二度にわたる闘いの勝敗を決定づける出来事が起きたのです。

それはなにか？

それは、人の命にかかわることだったのです。


激闘の勝敗を決定づける出来事って、なんだったのでしょうか？

実はこんな噂が聞こえてきたのです。

「群馬国内各地で湧き出る温泉には、なんとも偉大な力がある」

その力とはなにか？

ズバリ「がんが治ってしまうほどの効力がある」という噂でした。


昔から温泉につかることを「湯治」と言います。

現代社会では「大規模宴会場」といった印象の濃い温泉地ですが、本来は「お湯につかって、体の悪いところを治す」ものなのです。人間本来が持つ自然治癒力を最大限に引き出すのが温泉なのですよ。

豪華な風呂で入浴を楽しんで、ぜいたくな会席料理を肴に大酒飲む場ではないということなのです。

伝説の世界でも、日光の男体山の化身の大ムカデと、群馬の赤城山の化身の大蛇が戦って、負傷した大蛇が一時逃げ帰って傷を癒したのが老神温泉（沼田市）だという話があります。だから、老神温泉では毎年「大蛇みこし」が練り歩くお祭りがあるのです。

天下の草津温泉だって、１８００年も前にヤマトタケルノミコトが見つけたっていう伝説があるし、鎌倉時代にはあの源頼朝がこのお湯につかったという話は有名です。

きわめつけは四万温泉でしょう。

「ここの湯は四万種類の病気に効く」から四万温泉の名前があるのです。この温泉街は昔から湯治の本場でした。豪華な宴会をする高級旅館もある一方で、宿泊客が自炊しながら長逗留して一日に何回も温泉につかることで心身を癒す小さな旅館もたくさんありました。まさに湯治場だったのです。

すぐ近くにある沢渡温泉も、泉質の良さには定評があって、大きな温泉病院であるリハビリテーション病院があるほどです。

俳句作家の草津湯治が不思議そうな顔をしながら、条太郎に報告してきたことがありました。

「本当かどうか、まだまだ確証がないんだけどね」

「『とうじ』さん、なんの話だい？」

「だからあ。俺の名前の読み方は『とうじ』じゃなくて『あきはる』だがね。いいかげんに覚えてよ」

「すまん、すまん。で、話って？」

「それがね、条太郎さん。病院筋の話なんだけれど、群馬の温泉につかると、がんみたいな重病も治ってしまうっていう噂が飛び交ってるんさあ」

「うーん。本当かい？。たしかに、秋田県にある玉川温泉の岩盤浴効果は有名だけどさ。重病が治るって、たしかな病院情報なんかい？」

「知り合いの医者からの極秘情報なんさあ。もう何人もの末期がん患者が改善しているって話だ。もっとも、全員が全員完治したってことでもないらしいんさね。ただ、とんでもない話だけに、病院関係者も表に出せないんさあ」

　にわかには信じられない話です。

「それに、スパイ王国のアメリカやロシアの諜報機関が、この話をかぎつけているらしいんだがね。現実に、観光客を装ったスパイが群馬の温泉旅館に泊まっては、温泉を持ち帰って、その泉質の分析を始めたらしい。遅かれ早かれ、日本の政府だってかぎつけてくるって」

「もし本当に重病が治るような力があったら、世の中がひっくり返るような話になるだんべえねえ」

「その通りだ、条太郎さん。日本だけじゃねえよ。世界中の医者が失業しかねないし、病院もつぶれっちまう。もちろん、群馬国内だって同じことだ」

　これは、三大大都市圏連合軍と闘っている群馬国にとっては、大変な武器になると同時に、きわめてやっかいな問題をかかえたことにもなります。重病・難病の医療の世界が大転換するかもしれないのですから。

薬も、手術もいらない。群馬の温泉につかり続ければ重病が治る。

これが本当ならば、石油の産出国が莫大な利益を手にしているのと同じように、群馬国も空前の利益を得ることでしょう。

とはいえ、「朗報だ」「奇跡だ」などと喜んでばかりもいられません。

「湯治によって末期がんから生還した」

医師が医療実績をもとにこんな論文を発表したら、大混乱が起こることは必至じゃないですか。

案の定、日本政府からも条太郎のもとに秘密特使が送られてきました。温泉の問題で、です。

条太郎たち群馬国政府要人が、日本国特使に向き合いました。

「もちろん、温泉効果で重病が治るなら、それは素晴らしいことです。群馬とすれば、心躍る話です。ただ、この話が一気に広がれば、群馬も日本も、それだけじゃなくて、世界中が大混乱に陥りますよね」

「大統領、その通りです。日本中の病院に閑古鳥が鳴くことになります。医者や看護師ら医療従事者が大量失業しかねません。そんな社会的な大混乱を起こすわけにはいかないのです」

「その通りです。我々だって、世の中を混乱させるつもりなど、毛頭ありません。それに、現段階では誰もが完治するということではないらしいですし」

でもなあ。判断は難しいのです。

新たに開発された特効薬とかいう話なら、これから動物実験を繰り返して、臨床試験に移って、と丁寧な手順を踏まなければなりません。相当な期間がかかります。

でも、湯治ということなら、薬と違って副作用などの心配もなし。いつまでも、秘密にしておくことは、得策でないことは明らかです。

「そこなんですよ、大統領。今だって、日本をはじめ世界中にいるがんをはじめ重病患者は数えきれません。ワラをもすがる思いの人たちにとって、これ以上ないっていう朗報です。ただ、日本中の温泉の中で『群馬の温泉だけが』っていう話になると……」

「そうですよね。この情報があやふやな段階で世間に広まれば、群馬に世界中から患者が押し寄せて、温泉宿の奪い合いになるってことか。大混乱だね、そうなったら」

「そうです。だから、泉質の効果に関して正確な結果がまとまるまでは、事実の公表は避けるべきだというのが、日本国の考え方です」

「言うことは分かるけど、現に群馬国の重病患者には、一刻も早く湯治をしてもらいたいしねえ。こんなすごい情報を伝えないで秘密にしておくのは、大統領として『不適切にもほどがある行為』じゃないのかい？」

「おっしゃることは、よーく分かります。ただ、社会の混乱は避けねばなりません。ともかくは、今は噂程度の話にとどめませんか？　その代わり、と言ってはなんですが、日本国も譲歩します」

「と言いますと？」

「現在展開している、群馬国への攻撃をすべて中止します。即時停戦という申し出です。これは首都圏・関西圏・中京圏の大都市連合軍の総意と受け取ってください」

「うーん。つまり日本側からの全面停戦表明、早い話が群馬国側の全面勝利と受け取ってかまいませんね。これから先、群馬への神経戦をしかけてこないと誓うということでよろしいですね。私たちの国家としての独立を妨害しないという表明ですね？」

「その通りです。それだけの日本国首相の覚悟を私が持参したわけです」

「群馬国に対して、連合、あるいは合併を申し出ているいくつもの県の動きもじゃましませんね？」

「それも仕方がない、と政府は言っています」

群馬対日本の激闘が膠着する中、とどめを刺すことになったのが、この「群馬の温泉湯治でがんが治った」という情報でした。

もっとも、本当に温泉につかるだけで、がんなどの重病が完治するのかどうかについては、いまだに不明なのです。

ただ、もしそれが100％事実ならば、群馬も、日本も、世界中のどの国も、医者は失業し、病院はつぶれてしまいます。

そんな強烈なインパクトを持つ情報だからこそ、群馬国攻撃を続ける日本側も、停戦を申し出るしかなかったのです。

これによって、激闘は終結を迎えました。

「群馬国の独立はゆるぎないものになったがね」

条太郎以下、群馬国の政府首脳たちは、おおいなる勝利感にひたったのでした。

などと喜んでいた矢先に、今度は日本列島以外からとんでもない物が飛んできました。列島の存在を左右するほどの脅威の物体が。

なにかというと……。

シーン20
迷走ミサイルを迎撃せにゃあなんねえ

太平洋戦争が終わった1945年以降、とにもかくにも80年にわたって日本国内では戦争が起きていません。世界全体を見れば、ラッキーだったとしか言いようがないのかもしれません。この間、世界のどこかでは戦争が途絶えることがなかったのですから。

二度に及んだ闘いで、関東・関西・中京の大都市連合軍に勝利した群馬国としても、心配の種は尽きませんでした。

「国防ねえ。侵略戦争があったり核ミサイルが飛んできたりすることもあるかもしんねえなあ、今の世の中は。だからさ。あるにはあるんだよ、この国にも。使いたくはないんだけどなあ」

執務室の条太郎がひとりでつぶやいています。

そりゃあ、独立国ですから、国防軍みたいな組織が必要なのは明らかです。

「でも日本列島の真ん中にあるこの群馬国に、海の向こうから攻め込んでくるかあ？　いやいや、このところの世界情勢を考えれば、そういう事態が起きたって不思議じゃないかもなあ」

国民だって気が気ではないでしょう。

「あるんだがね。ミサイルが飛んできた時に備えた迎撃ミサイルがね。これは国家機密だから、ほとんどの人が知らないことなんだけど」

条太郎自身は口にしていませんが、密かに「あるシステム」を備えているのです。紛れもなく迎撃態勢です。

もちろんこれは他国を攻撃するためのものではありません。あくまで防御手段なのです。抑止力を狙ったものではないし、国民に余計な心配をかけたくなかったから、公表してはいなかったのです。

その発射システムは条太郎ひとりが管理しています。


「もう60年近く前かなあ。どこかの国の核ミサイルが間違って日本に向けて発射されたことがあったんだよ。国民は『このまま日本が滅亡するのか』という絶望的な状況に追い込まれたんだ。そこで、宇宙からやってきて日本に住んでいた魔神バンダーがミサイルに向かって飛び立ち、空中で激突したんだ。ミサイルもバンダーも粉々に爆発した。バンダーの犠牲のおかげで、日本国民は救われたし、世界戦争にもならずにすんだのさ」

この出来事を覚えていた条太郎は、不測の事態における迎撃システムだけは、極秘裏に備えていたのです。


半世紀前の魔神バンダーによる命を捨てた行動。

あるいは、地球を支配しようとしていた悪の帝王をかかえて宇宙に飛び立ち、向かってくる流星に激突してこっぱ微塵に飛び散った、でも地球の平和を守ったジャイアントロボの姿も、条太郎は鮮明に覚えています。

その何年か前には、太陽の異常現象を抑えるために、自ら燃えたぎる太陽に飛び込んでいった鉄腕アトムの自己犠牲もありました。

「どこかの国からの攻撃だけじゃないんさ。何億年も前に恐竜が滅んだきっかけになったような、小惑星の地球激突があるかもしんない。そんな小惑星も打ち砕かきゃなんねえ。迎撃の準備はしておかないといげねんさ」

こう話す条太郎の頭の中には「ディープインパクト」や「アルマゲドン」の1シーンが浮かんできます。

「SFの世界はさておき、現実に飛んでくるミサイルは撃ち落さなければなんねえ。200万国民の命を守らなくてはならないんさ。でも、迎撃システムは使いたくないなあ。そういう事態がやってこなければいいけどさ」

群馬国で迎撃システムが発動されるようなことが万一起きたとしたら、それは日本国にとっても、戦争を始めなければならない事態を意味しています。自衛隊が持つ迎撃ミサイルを発射するのでしょうか？　自衛隊の戦闘機がスクランブル発進するのでしょうか？　いずれにしても日本政府だって、それは避けたいはずです。

部分的な戦闘が拡大して、第三次世界大戦になってはたまりません。とはいえ、「いざ」という事態に直面したら、躊躇している時間の余裕はないのです。

「人間同士が、互いに命を奪い合う。それだけは避けなければ……」

政治や行政システムの改革、高齢社会への対応、食料自給率大幅アップ対策など、社会を明るくするための施策を考えたり周囲と論議したりする時の条太郎の表情は底抜けに明るいのですが、迎撃システムのことになると苦しい表情になり、そのつぶやきは、誰にも聞こえないほど小さなものになってゆくのです。


そんな時です。

群馬国にとって最大の外交相手である日本の首相からホットラインが入りました。

「大変だ。大統領。某国のコンピュータシステムがハッキングに遭って、大型ミサイル発射システムが誤作動を起こした。ミサイルが何発か発射されちゃったらしい」

「ええ？　ミサイルが、ですか」

「発射した某国政府も大騒ぎで、頭をかかえているらしいんだ。でも、飛び立ってしまった以上、どうにもならない。しかも、落下地点が東京だっていうんだ」

そんな、ＳＦ映画じゃあるまいし。誤作動でミサイルが発射されるなんて……。

「防衛庁のレーダーとコンピュータが、ミサイルの落下点を東京だと解析したんだ……」

「まさか、そんなことが」

「ともかく、東京だ。国会や永田町や霞が関のある、東京のど真ん中に向かって飛んできているんだ。命中したら、私も内閣も……」

「だったら、すぐに自衛隊の迎撃ミサイルを発射するんですね？」

「それが……。発射不能なんだ」

「なんですって？」

「自衛隊の迎撃ミサイル発射回路にサイバーテロが起きてる。ほかの国にも同時テロが起きているかもしれん。迎撃しようとしても、発射できないんだよ」

「そんなバカな」

「事実なんだ。自衛隊、そして日本国はお手上げだ。こうなったら、『あれ』を使ってもらうしか……」

日本の首相の声は切羽詰まった雰囲気です。

「あれ」と言ったって、もちろん、２０２３年に流行語になった阪神タイガースの岡田監督の「あれ」じゃありません。

「群馬国の迎撃ミサイル発射ですかね。幸い、私たちのコンピュータシステムにはハッカーが侵入しているという報告はねえんだけども」

ハッカーたちは、群馬国の独立を知らないのかもしれません。今の世の中、プロのハッカーが侵入しようとしたら、どこの国のコンピュータシステムだって入り込めるでしょう。

だから、日本の迎撃システムには侵入しましたが、群馬国の迎撃システムへのハッキングなんて考えもしなかったのかもしれません。第一、独立したばかりの群馬国にミサイル迎撃システムが備わっているなどとは、思いもしなかったのでしょう。

「頼むよ、大統領。東京が死んだら、日本も、群馬国もつぶれるんだ。世界もおしまいだ。そんなことになったら……」

そんな頼まれ方をされなくたって、国家存亡の危機であることは、誰にだって分かります。

条太郎は、迎撃ミサイルの発射システム稼働スイッチに視線を投じました。

「しゃあんめえ。群馬と日本列島全体を守らねばなんねえ」

条太郎のまわりには、補佐官数名がいるだけ。誰に相談したって、返ってくる答えは同じでしょう。

それに相手は、今まさに飛んでくるミサイル。逡巡している余裕はありません。

条太郎はこわばる人差し指で、迎撃システムを起動させました。システムは問題なく起動し始めました。やはりハッカーの侵入はなかったようです。

ところが、ミサイル発射に必要なパスワード入力でエラーが生じました。パスワードをコンピュータに正しく伝えないと、発射できないのです。

「パスワードヲ、ドウゾ」

コンピュータの音声案内に、条太郎が答えました。

「ええっと。上毛かるたの読み札だったよな。『つる舞う形の　群馬国』」

「パスワードガ、チガイマス」

「ええ？　そうか『繭と生糸は　日本一』だ」

「パスワードガ、チガイマス」

「なんでよ。『草津よいとこ　薬の温泉《いでゆ》』だったっけ？」』

「パスワードガ、チガイマス」

「ええ？　本当かよ。ああ、そうだ人口だった。『力あわせる二百万』だった」

「パスワードガ、チガイマス」

「そんなあ。もう時間がないがね」

国家的危機に瀕しているのに、なにをしているのだか……。

そんな時、横にいた三本木峰二香が叫び声を上げました。

「条太郎さん。前に群馬の人口が１９０万人を切ったから、実情に合わせようって、パスワードも変えたんでしょう？」

「そうだ。『力あわせる　百九十万』だ」

「パスワードガ、タダシクインプットサレマシタ。ミサイルヲ、ハッシャシマス」


ようやく発射システムが全面稼働しました。

すると、おお、なんということでしょうか。

高崎の観音山丘陵に非常用サイレンが鳴り響いたと思うと、建国モニュメントである巨大な千手観音像の足元から炎と白煙が吹き出したではないですか。そして、観音像が大空めがけて上昇し始めたのです。

そうだったのです。

建国モニュメントとして新たに建立した巨大な千手観音像は、外国からのミサイル攻撃に対抗する迎撃ミサイルだったのでした。

「半世紀前に、日本消滅の危機を防ぐために飛んでくる核ミサイルに体当たりした魔人バンダーの姿そのものだな。すべての民の命を救うための千本の手を持つ観音様だがね。頼むぞ。その無限の力で、生きとし生ける者すべてを救ってくれ」

条太郎は祈りました。大空高く飛び去ってゆく千手観音様に。

熱心な仏教信者でもない彼でしたが、その無限の力に思いを託して、千手観音の姿の中に迎撃ミサイルを組み込んだのですから。


数分後、群馬国の、そして日本のレーダーも、迎撃成功を確認しました。迫ってくる数発のミサイルに、千手観音の複数の手が分離してそれぞれに命中して粉砕したのです。いやあ、これを「観音様のご利益」と言わずして、なんと表現しましょうか。

魔人バンダーが半世紀前の日本を壊滅の危機から救ったように、目の前に迫った列島危機を群馬の千手観音が救ったのです。

この快挙は、国内はもとより、日本、そして多くの外国から称賛されました。

ひとつの県が独立国になって政治システムや社会環境を抜本的に改革するという壮大な試みの

着実な前進。

日本側が群馬国に仕掛けた執拗な神経戦にも勝利。

ミサイル攻撃をはねのけた国防力。

これらが高く評価されることになりました。

特に、ひとつ間違えれば、第三次世界大戦が勃発しかねなかった事態を防いだミサイル迎撃によって、群馬国は「世界の英雄」であるかのような雰囲気に変わってきました。


この時、条太郎の胸には、ひとりの上州人の姿が浮かびました。

国民の安全のためなら、命を張って立ち向かう。そんな熱血漢の姿が。

なぜ条太郎がそんなふうに思ったのでしょうか。

それって、誰のこと?

それは、上州人として初めて日本の首相になった男です。


「初の首相?　福田赳夫さんのことかい?」

いいえ、違います。

太平洋戦争末期の1945年4月に首相に就任した鈴木貫太郎のことです。

1868年に今の大阪府堺市に生まれて、幼い頃に千葉県野田市で育った彼は、1877年に父親の仕事の関係で群馬の前橋に引っ越します。桃井小学校から前橋中学校（現在の前橋高校）

へと進み、群馬の空気を吸い、食べ物を食べ、水を飲み、群馬の友人たちと語り合いました。人格形成にとって一番大切な時代を、前橋で過ごしたのです。大阪人でもなく、千葉人でもない。完全に上州人となったのは当然のこと。

そんな彼は軍人となり、二・二六事件では、銃弾を浴びて瀕死の重傷を負います。

そこから不死鳥のごとく蘇って、首相の座につくのです。だから「上州人初の首相」なのです。

しかしその頃の日本は敗戦への傾斜を転げ落ちていたのです。沖縄での地上戦、広島や長崎への原爆投下と壊滅的な被害……。

その末に彼は大きな決断をします。それは、無条件降伏という決断です。

南方戦線での「撤退」を「転戦」とごまかしたように、イケイケドンドンの軍部が実権を握っていた当時の日本で、終戦を唱えるなど、命の危険を伴うものでした。殺されたとしても不思議ではない。そんな状況だったことでしょう。事実、終戦反対派によるクーデター未遂である「宮城事件《きゅうじょう》」が8月15日未明に起きていました。

その危険をかえりみず、彼は日本国民全体の未来を考え、決断します。

これは上州人としての潔さ、他人愛の発露にほかなりません。

この鈴木貫太郎については、肝心の群馬の人たちの間であまり知られていないのです。２０２4年になって、ようやく彼の顕彰会が前橋市で発足した。そんな段階です。

今後、戦後の日本の発展を開いた上州人として、その知名度が上がってゆくことでしょう。

そんな歴史があるのです。

1945年に、日本を壊滅の危機から救ったのが上州人たる鈴木貫太郎。

そして今、またしても日本壊滅の危機をはねのけたのは、群馬の力だったのです。

ただ、これだけよいことが続くと、えてして悪いことも起こるもの。

独立国としての「群馬の逆襲」を快く思わない勢力は、いよいよ最後の賭けに出るべく動き出したのです。

シーン21

条さんは不死身の大統領だいねえ

群馬独立がうまく進めば進むほど、その改革の動きが日本各地にも拡大してゆけばゆくほど、自分たちの既得権益がなくなってしまう。追い込まれた勢力の危機感はクライマックスに達した感がありました。

なにせ、「群馬国に賛同する。合併して、ともにやってゆこう」という県が拡大の一途をたどったからです。

北関東、東北、甲信、中部という比較的群馬に近い県の一部から、さらには山陰の鳥取県・島根県、四国の高知県・徳島県などが「新時代ネットワーク」への参加に名乗りを上げてきました。

「すんごい。群馬と山陰2県が合併すれば、その間にある富山県・石川県・福井県の北陸3県や兵庫県も日本国からひっくり返ってみんな群馬国になるがね」

「そりゃあ、オセロゲームじゃないかね。そんなにうまくはいがないよ。でも、そうなったらいいやいねぇ」

政府の中でもそんなギャグが飛び出すほどです。日本の47都道府県の境界線だけ入った白地図をパソコン画面に表示する人もいます。

「じゃあ、画面上の地図に色をつけていぐべえ。群馬を緑色にして、栃木県・茨城県も。そして新潟県・長野県・山梨県もだいねえ。そうだ、山形県・岐阜県も緑色に塗ろう。ここらは確定ね。それに鳥取県・島根県と高知県・徳島県も緑色かあ」

「オセロなら、たしかに北陸や兵庫県が緑色になるがね。青森県が緑になれば、群馬との間の岩手県・秋田県・宮城県・福島県が白から緑かあ」

おお、東北各県の色がポンポンポンポンと順次緑色に変わって、東北と北関東が一瞬で緑色に。山陰・北陸も同様です。

「福岡県が入ってくれれば、山口県・広島県・岡山県もひっくり返らねえかあ」

「その後に、沖縄県が加われば、九州全体が緑色だがね。高知県・徳島県が緑になるから、香川県・愛媛県もそうなるだんべ？」

「あとは、和歌山県と話し合うべえ。和歌山県が首を縦にふれば、そっから隣接の奈良県・三重県もいけるんでねえの？　ほれ、これらの県の色も緑にしてみるべえ。あれれえ、日本の大部分が緑色だがね」

「問題は、こないだまで闘ってた東京都・大阪府・京都府・愛知県・神奈川県・千葉県・埼玉県の大都市連合だけかいなあ」

現実にはゲームのように簡単にはいきませんが、群馬国民の意気は上がる一方です。

「だけんどよお。大都市連合も俺たちに寄ってきて『新時代ネットワーク』が列島を制覇したらどうするんだい？　国の名前は群馬のままでいいんかい？　昔っからの日本にするんかあ？」

「名前はそん時に考えべえ。なんなら国民投票したっていいがね。考えついた名前を寄せてもらうんさあ。自分の国の名前を自分の手で決めようって、全国民がワクワクするんじゃないのかねえ。面白い名前が集まるぜ、きっと」

「でもさあ。首都は群馬国の首都の前橋市だんべ。自然災害の問題もあるし。なにも人口の多い東京や大阪みとうな大都市にする必要もなかんべえ」

「そうだ、そうだ。ずっと前に首都移転って論議があったよな。栃木の那須高原とかさ」

「首都はもちろん群馬だいねえ。それをきっかけに前橋市と高崎市が合併して『ぐんま市』になりゃあいいがね」

国民の議論は盛り上がります。


そんな状況に焦った日本国内の反対勢力は、ついに非常手段に出ることにしました。言うまでもなく、群馬国解体を狙っての条太郎の暗殺です。

独立と改革の象徴がいなくなれば、いかに群馬国にしても「あの、生意気な改革への動き」にブレーキがかかるだろう。真に自由平等な社会づくりへの情熱が、多少はしぼんでくるだろう。

「世の中は、少数の支配者層・富裕層と、大多数の貧しい国民がいる形が一番いいんだ。支配者層が甘い汁を吸えればいいんだ。自由平等なんぞ、くそくらえだ」

人間の歴史上、こう考える勢力は必ずいるわけです。

とはいえ、はるか遠くの標的を一発で撃ち抜く「ゴルゴ13」のデューク東郷みたいな天才スナイパーが現実の社会にいるわけがありません。陸続きとはいえ群馬国は外国です。スナイパーを雇ったとしても、そうそう思うようにことは運びません。もし敏腕スナイパーがいたとしても、それじゃあ「暗殺」が表立ってしまいます。条太郎が「英雄」になってしまい、群馬の意気はさらに盛り上がりかねません。

そこで泥臭い方法を選びました。

平凡な一群馬国民を装ったふたりの男。この暗殺者が条太郎に近づき、通り魔殺人を装って暗殺しようという、結構原始的なやり方でした。

一応国家元首ですから、ＳＰの何人かはついているとはいえ、「開かれた政府」としてのオープンな活動の中ですから、近づく隙間はいくらでもあるはずです。

そこで隠し持った武器でスパっと暗殺を実行しようと計画したのです。

ほとんど必殺仕事人の世界ね。

昼間は仕事のできないお役人さんとか、イケメンだけど地味な職人さんとか、鍛冶屋さんとか。そんな人が裏では……。ああ、江戸時代じゃないんだから、今回は普通のおじさん姿でいいですね。

そんなごくごく平凡に見えるおじさんふたりを、必殺の暗殺者として群馬国に送り込んだのです。

暗殺方法も、「大統領が政争の果てに暗殺された」となると、必要以上に英雄化されて、後に続く者が出てきたら困ります。あくまで偶然のアクシデントにしたかったのでした。

狙われたのは、条太郎の散歩時間です。早朝とか、夕方とかいった時間帯です。ここで通り魔殺人事件が起きれば、日本国のいずれかの勢力の仕業とは見られないかもしれない。そんな狙いでした。

前橋市内の中心街に近い静かな公園。市民の散策やジョギングでにぎわいを見せる場所です。条太郎はここでの散歩が好きでした。多くの市民たちと言葉を交わせるからです。だから、現代の必殺仕事人は、ここに紛れ込んだのです。

ふたりの男の頭の中では、平尾昌晃作曲の数々の仕事人のテーマが流れていたことでしょう。仕事人に扮したイケメン俳優たちの顔が浮かんでいたかもしれません。

「俺たちもそんな役者たちみたいに、いい男かもね」

そんなふうに自己陶酔しながら、ひとりは着ていたスウェットの中に隠し持ったナイフを取り出すチャンスを待っていたのです。もうひとりは、木登り遊びをしている子どもたちにまじって、木に登っていました。ふところには、組紐なのか、ギターの弦なのか分かりませんが、そんな物をしのばせています。木の上からこれを条太郎に向かって投げて、首を絞めて殺害しようというのでしょうか。これはあんまり現実的じゃないなあ。

実は、木の上の男はおとり。こんな芝居がかった方法で暗殺が成功するわけがなし。仮に成功しても、計画的犯行だったことがばれてしまいます。

だから、木の上の男の犯行が失敗する。それで条太郎やSPが油断する。そこを、ジョギングしているおじさんを装ったもうひとりの男が狙うという作戦です。

この作戦はうまくいったように見えました。最初の男が投げた組紐らしき物は、条太郎をかばったSPの腕に巻きつき、条太郎は無事でした。あわてて木から飛び降りて逃げようとした男は、SPたちに取り押さえられてしまいました。

その騒ぎの中で、市民を装って別の方向から条太郎に近づいたもうひとりの仕事人たるおじさんが、ナイフを取り出して、騒ぎに気をとられて隙だらけだった条太郎の脇腹を刺したのです。

「ウッ」と鈍い声をあげて、脇腹を押さえてしゃがみこむ条太郎。

そこに男がのしかかります。さらにとどめを刺そうというのでしょう。ところが、ナイフを持った男の腕を抑えつけた人がいました。

「条太郎さんになにをするかね、この野郎が」

そう叫んで、男の腕をかかえて一本背負いで投げ飛ばしたのです。投げ技が鮮やかだったのは当然のこと。そこにいたのは、群馬国警察きっての腕きき・中門軍団の中門大輔団長だったのです。

群馬独立を言い出した条太郎の男気にほれて、「事件が起きてなくて、警察が暇な時は、散歩やジョギングのSPに加わる」と公言していたのが、この中門団長です。この日も一緒にいてくれたので、条太郎は暗殺の危機から脱したのでした。

投げ飛ばされた男はナイフを放り出してしまいました。

「チクショー、とどめが刺せない」

捨てゼリフを残して、男はすぐにその場から逃げ去ろうとしましたが、いくらなんでもプロのSPはもちろん、中門団長もいたのです。すぐに男に飛び掛かり、もみ合いの末に、この男も取り押さえられてしまいました。

団長たちが条太郎に駆け寄りました。

「条太郎さん、ケガは？」

「大丈夫だがね。防護服を着ていたおかげだい。心配ないさね」

「すぐに救急車を呼びましょう」

「その必要もないやね。体は無傷だし。もっとも防護服が軽傷を負ったが、ね」

条太郎はそう言って、笑顔を見せました。防護服の威力が抜群だったのでしょう。

条太郎の軽口に、中門団長たちも安心したのか、こんな言葉を返してきました。

「ああ、条太郎さん。その防護服、国の備品だからね。修理は自腹で頼んますよ」

「そうかい。今は執務前のプライベートタイムだからなあ。乏しい給料から引いてもらうかな。でも、そうすると来月の給料はみんなより低くなっちまうがね。でも、団長がいてくれて助かったよ」

「ああ。男の俺がほれた人だ。簡単にゃあ死なせねえよ」

大統領府に戻ると、主席補佐官の三本木峰二香が真っ青な顔をして飛び込んできました。

「条太郎さん、大丈夫ですか？　刺されたって聞いたけど。ケガの具合はどうなんです？」

「男が持っていたのは、ナイフだったみたいだ。でも防護服のところで止まっているよ。体には届いてはいない。映画だと、ナイフで刺されたところに厚いライターや手帳があって、そのおかげで助かるシーンがあるけど、僕は煙草を吸わないからなあ」

条太郎は、すでに脱ぎ捨ててあった防護服に手をやってなにやらゴソゴソと。よくよく見ればその手に持っているのは、接着剤らしき物。

峰二香が呆れた顔をしました。

「自分の体より、防護服のことを心配してるんですか？」

「さっき中門団長にも言われたんさ。これも国の備品だから大切にしろって」

「団長さんだって、条太郎さんにケガがなかったから冗談で言っただけですよ」

「まあ、そうだろうけどさ」

「それにしても、条太郎さんってスーパーマンですね。いえいえ、人間離れした不死身の超人かな」

「そんなことはないよ。僕だって血も涙もある、普通のおじさんだよ」

「でもなぜ接着剤なんか持っているんですか？」

「いやなに。ナイフで傷がついた防護服を直せないかと思ってさ」

「そんなの、新しいのと取り替えましょうよ。それに接着剤なんかで直せるはずがありません」

「それもそうだいねえ」

落ち着きを取り戻した峰二香が言いました。

「ケガがなかったのはなによりですが、仮にケガしていたとしても、あなたならお店で売ってる接着剤で傷口を塞いでしまうかもしれませんね」

「おいおい、人をロボットみたいに言うなよなあ」

「いいえ、群馬国独立後のあなたの激務のこなしぶりを見ていると、人間じゃなくてスーパーロボットみたいに思う時があるんですよ」

「バカを言うなよ。エイトマンじゃあねえし」

日頃はさえない青年探偵なのに、いざ大事件が起こると、一瞬でスーパーロボットに変身。弾丸よりも速いスピードで駆け回り、悪人をやっつける。それがエイトマン。

「ハ、ハ、ハ。それって半世紀前のアニメのネタですよね？　私たちの世代では通用しにくいから、あんまり使わないでくださいね。ともかく、用心するにこしたことはないので、今日は仕事を中止して、ゆっくり休んでください」

「そうだいねえ、そうさせてもらうさ」

執務室から出かかった峰二香は、立ち止まって首をかしげながら、条太郎につぶやくように声をかけました。

「おかしいなあ。ナイフで刺されたのに本当にケガをしていないのかなあ」

不思議そうな顔をして、こうも言いました。

「本当にあなたは高度なＡＩが制御するスーパーロボットじゃないかって思う時があるんですよ。１０００年の未来から時の流れを超えてやってきた存在とでも言いますか」

「おいおい、君だって、半世紀前のネタじゃないかね。『１０００年の未来から時の流れを超えて』はスーパージェッターのパクリだ」

「歴史的知識として知ってるだけですよ。私、古い映画やドラマを見るのが好きで、よくレンタルＤＶＤを借りるんです」

そりゃあそうです。30代の女性がリアルタイムで見ているはずがないのです。

「じゃあ、なにかい？　僕が遠い未来からやってきたＡＩロボットだって言うんかいな？　そんなＳＦみたいな話をしないでくんないね」

条太郎の笑い声を背に、峰二香は部屋を出て行きました。

シーン22

こんなことが本当にあるんだべか……

「あぶせえ、あぶせえ。本当のことがバレちゃまずいからね」

ええ？　本当のことってなに？　あなたは、いったい……。

「僕にはまだまだやらなくてはならないことがあるんだ。今の滅びゆく人間社会全体を、明るい未来にもっていくためにね。群馬国の独立は、その第一歩なんさ」

執務室の条太郎は誰に言うでもなく、つぶやきました。

「群馬国との合併を申し出ている多くの県との話し合いを進めていかなくちゃあならねんさ。最終的には、今の群馬国の社会や政治行政システムで、もう一度日本をつくり上げるんさ」

なるほど。

「それが実現したら、峰二香さんみたいな若者にかじ取り役を譲るつもりなんさ。人間が100年生きる時代に、国のリーダーが僕みたいな老人では、うまくいきっこない。男でも女でも、30代・40代の若者なら、少なくとも70年先の社会を見据えた取り組みができる。100年、200年先だって現実問題として考えるだんべえ。そうじゃなきゃなんねえ。僕らから上の世代は、その背中を押す係なんだがね、本当はさ」

苦笑いしながら、条太郎は再び接着剤を手にしました。先ほどナイフで傷つけられたのは、実は防護服だけではなくて、脇腹の皮膚にもそれなりの傷がついていたのです。でも出血はしていません。不思議だなあ。

その皮膚の傷に接着剤をスプレーしていったのです。

驚いたことに、接着剤をスプレーして裂け目を貼り合わせた瞬間、大きな傷が見る見るうちに消えてしまったのです。

こんな不思議な接着剤なんて、今の社会にあるはずがないのです。いったいいつの時代の接着剤なんでしょうか。第一、人間の皮膚が一瞬で治るはずもなし。

「さあこれで修理はおしまい。肌の刺し傷も消えたことだし。でも、まあ、本物の皮膚っぽく見せるために、ちょっとしたことで傷がつくようにつくってあるんだけど」

脇腹をポンポンとたたいた条太郎。

かすかに金属音が聞こえたような……。

まさか本当に、衰退日本を再建するために、1000年先からやってきたロボットだなんて……。

そんなことがあるはずもない。未来社会なら、もしかしたら、AIが人間を支配しているかもしれません。でも、そのAIロボットが過去に戻って、人間社会を建て直そうとするなんて、自分で自分の首を絞めるようなものに間違いないし。

だったら、彼はなぜ……。

窓の向こうにそびえる赤城山や榛名山を眺めながら、条太郎はつぶやき続けるのです。

「僕は、半世紀前の日本で暮らしたことがあるんだ。群馬じゃなくて、東京だったんさ。普段は探偵なんだけど、事件が起こると、警察の要請で悪人たちを叩きのめしていたんだ」

それって、もしかしたら、あの有名なスーパーロボットの……。

「あの頃は戦後の復興期で、高度経済成長に向かう前だった。世の中は、物騒な事件ばっかりさ。殺人だの強盗だの誘拐だの……。だから、そんな悪人から人々を守るための警視庁の秘密警察官だったんだ」

ええ？　なにそれ。やっぱり。

「みんなパソコンもスマホも持ってはいなかったけど、誰もが前を向いていたなあ。未来に希望をいだいていたんだ。毎年、給料も上がっていたしね。みんなで『よい社会をつくり上げよう』と視線が同じ方向に向いていたんだ。厳しい、苦しい、つらいことがたくさんあったって、みんなで頑張って乗り越えようという気概があった。暗くて、後ろ向きの、無気力な今の日本とはえらい違いだ」

たしかに条太郎の言う通りです。

「ＡＩなんて言葉も、誰も知らなかった。ましてや、将来はＡＩが飛躍的に進化して、人間を追い越すなんて、考えもしなかった。人間にとってきわめて便利な道具のはずだったＡＩが、人間を使いこなす世の中がくるなんて……」

いつの間にか、条太郎の言葉の語尾にあった群馬弁が消えています。

「人間はこの先、退廃していくんだ。堕落していくんだ。すべてAI任せにしたから、身体の運動能力も低下の一途。会話の代わりにメールのやりとりばっかりになるから、『声』という能力さえもが衰えていくんだ」

おいおい、ちょっと待ってよ。

「1000年先のわが家では、AIが自己増殖能力を持って、家族がいるんだ。僕にも、妻や子どもがいる。人間たちは、その召使として雑用をこなしている。そのひとりに、若い女性がいた。この女性と、私の息子が恋仲になったんだ。この女性の家族は独特の煮込みうどんを食べていた。今考えれば、これが『おっきりこみ』だったんだ。だから、僕も食べたような気になっていたほどだ」

なるほど。だから、群馬国の迎賓館で条太郎は外国の首脳に胸を張っておっきりこみを出そうとしていたのですね。

「だけど、AIと人間の主従関係からすれば、ふたりの恋愛など許されるはずがなかった。人間はAIに比べてはるかに下等生物になり下がっていたからね。とはいえ、息子が恋した人間の女性は、心が清らかだった。だから彼はほれ込んだんだし、僕もその女性は気に入っていたんだ」

人間にそんな未来が待ち受けているなんて……。

「でも、そんな恋が許されない社会の中で、ふたりは悲劇的な運命をたどってしまったんだ。親として見てはいられなかったが、仕方がなかった。親であるくせに、世の中にあらがえなかったんだ。我ながら情けない話さ」

「だから、僕は人間が堕落せずに、ずっと進歩していって、我々ＡＩとよりよい共存関係を築いた社会にするためにやってきたのさ。20世紀では、悪人による社会の混乱を防ぐための警察活動だったが、21世紀では人間社会を復活させるための政治活動が必要だったんだ」

そういうことだったのかあ。

「でも、峰二香さんに出会ったのには驚いた。運命だな。だって、彼女は20世紀の東京で僕の探偵事務所にいた『さち子さん』の孫娘だったのだから」

そんな偶然ってあるのでしょうか。

「あの頃、僕がスーパーロボットだったことがさち子さんに知られてしまい、僕は彼女の前から姿を消さなければならなかった。つらかった。僕に好意を寄せてくれていたさち子さんだって、どれほどショックだったことか。好きになった男がロボットだったなんて、打ちのめされただろうなあ」

さち子さんと同じように、三本木峰二香もまた、条太郎に好意を寄せていることは明らかでした。とはいえ、人間とスーパーロボットの恋愛までは……。

「群馬国の革命的な取り組みの成功と、新時代ネットワークが完了して、人間が本来進むべき方向が定まったら、僕は未来に戻る運命なんだ。でもね。そんなふうに人間が本来の姿に立ち返ることができれば、何百年先、１０００年先の社会では、きっと人間とＡＩが共存関係を築いているはずだ。僕の息子と人間の女性に起きたような悲劇は起こらないはずだ。もしかしたら、この先結婚して家庭を築いた峰二香さんの子孫である人間女性と僕の息子が出会って、幸せな家族になっているかもしれない」

タイムパラドクスなんていう問題は、この際だから無視しましょう。

ここは、条太郎の一人芝居のクライマックスなんですから。

「僕は昭和の東京で、さち子さんに出会い、令和の群馬でその孫娘の峰二香さんに出会ったんだ。たしかな絆で結ばれているんだよ。時空の壁なんか、関係ないね、未来の世界の息子だって、きっと……」

「でもねえ。さち子さんの時と同じように、峰二香さんも、条太郎さんがスーパーロボットだって知ったら、傷つきますよ。どうするんですか？」

不意に執務室に入ってきたのは桐生優悠ではないですか。

「おお、桐生君、その通りなんだけどね。でも、君だって年下の彩ちゃんと仲がいいじゃないか。僕のことを心配していられないぞ」

「うん。そうなんですよねえ。僕らの役割が終わって、元の世界に帰る日がきたら、どうしたものかなあ」

気がつけば、ふたりの語尾から群馬弁が完全に消えています。

「僕もそうだが、君までも未来からきたスーパーロボットだったのだからなあ。もっとも、そうでなければ『口頭指示式の家庭用完全スーパーコンピュータ』なんて、今の世の中で人間が開発できるはずもなかったね」

「僕らの世界では当たり前のことなんですけどね。人間の指示じゃなくて、僕らコンピュータのほうが、自分で考えて行動するし、使用人たる人間に命令しているんですけど。でも、彩ちゃんみたいな人間の女の子には、ロボットの僕もひかれるなあ。ずっと能天気な学生のふりをしていたから、感情が21世紀の人間っぽくなったのかもしれませんね」

「おいおい。仲よくなりすぎるなよ。僕らには人間以上に豊かな感情機能が備わってるんだ。別れがつらくなるぞ。僕だってあの時のさち子さんとの別れで、元の世界に戻ってもしばらくは立ち直れなかったんだから」

「でもねえ。人間を堕落から立ち直すために、僕らふたりが21世紀にきたっていうことは、それに反対するロボットがきてたっておかしくないですよね」

「まあ、そうだな」

「条太郎さんの暗殺計画を陰で企てたのも、もしかしたら、そんなロボットかもしれないですよ。このままで終わるはずがない」

「その通りだ。注意しなければならんな」


遠い未来、ＡＩ支配の社会で虐げられる人間たち。

そんな人間を救うきっかけをつくるために、スーパーロボットが時を超えて群馬に飛んできたのでしょうか？　この地において、人間復活のための壮大な改革を指揮したのでしょうか？

「人間がＡＩにかしずく社会になってはいけないんだ。共存社会にならなくては。そのためには、人間を堕落から救わなければならないんだ。僕らがひそかにやってきたのは、それが目的なんだから」

ふたりの会話を、現実に僕が聞いたとしても、にわかには信じられるはずがありませんよね。

こんなことが本当にあるんだべか……。

――あとがき、というより「付録」

歩みを始めた群馬国の明日に向かって

旧群馬県への列島各地からの「いじめ」「揶揄」に我慢ならなかった群馬の人たちが独立国家を発足させたドタバタ悲劇、いえいえ喜劇は、こんな感じで展開しました。

日本の46都道府県の人たちからすれば（いえいえ、群馬の人たちにとっても、でしょうか）「ツッコミどころ満載」の展開ではないでしょうか？

この先、独立した群馬の逆襲が、他の地域に波及するのかどうか。未来のことは分かりません。とはいえ、独立の2年後には、以下のような「シン・グンマの若者へ」という贈る言葉が公表されました。

大統領の条太郎をはじめ、国内の大人たちによる、明日を担う若者への激励文の形をとりながら、実は、始まったばかりの群馬の逆襲の「継続・発展宣言」でもあったのです。それは「世界一の成熟社会実現」へ向けた、群馬国民全世代による力強い決意表明とも言えるものでした。

それにしても、ここまでの展開が喜劇だったのに、この贈る言葉は一転して真面目そのもの。やっぱり条太郎って「人間社会を退廃から救うために」未来からやってきたスーパーロボットだったのかなあ……。

シン・グンマの若者へ

人生100年時代を担う世代へ贈る言葉

◎群馬人としての強烈なプライドの形成

太平洋戦争後の日本は、日本や日本人を否定することで、社会の復権を目指してきました。戦争の敗者として「勝者に学ぶ」「勝者にならう」のは当然の考え方としても、伝統のすべてを否定することは、きわめて大きな過ちでした。

そして、21世紀に入ると、同じ日本の中の地域同士で「差別意識」「揶揄する傾向」が色濃くなりました。旧群馬県は最大の「いじめられっ子」として、大都市をはじめ日本列島のいたるところからの「いじめの対象」になりました。

多くの人の間では「東京など大都市や都市住民の意識は優れている」「群馬をはじめとした豊かな自然と、住民のやさしい気性の土地に暮らす者は、人としても劣っている」という誤った思い込みが定着していました。

やさしさあふれる群馬人は、謙遜の気持ちから、大人が子どもに「群馬には、魅力的な場所も、伝統食も、文化も、なにもない」と昔から言い続けてきました。

こうして、群馬の子どもたちには、自分自身が「人が生活するうえで、きわめて恵まれた環境にあふれる土地で生きている」という意識が芽生えなかったのです。

仕事、学習、消費、食事、文化活動……。人間の生活における様々な基本要素を実践してゆく中で、20世紀末までは、たしかに大都市に優位性がありました。

だから「都会は善（先進）、地方は悪（後進）」という価値観がありました。本来「都会」「田舎」は、その土地の状況を形容する言葉だったはずで、善悪を分けるものではなかったのです。

インターネット・SNS全盛の今日を見ましょう。仕事は大都市の職場に通勤しなくても、自宅勤務も十分に可能です。ネット会議で遠く離れていても「同じ部屋にいる」かのような会議もできます。

消費活動も飲食行動も「ネット通販」により、ハンディはなくなりました。

文化活動もしかりです。

だとしたら、汚れた空気と騒音と過剰な人口集中の大都市に暮らすことと、豊かな空気と水をはじめとした自然、のどかな雰囲気、人の温かさにあふれる群馬に暮らすことのどちらが人として幸せか。答えは明白です。

群馬人としての強烈なプライドを形成する絶好の機会が今日なのです。

◎独自の価値観の形成

混迷の時代であり、100年の長きにわたる人生を考えた時、一人ひとりがしっかりと持たなくてはならないのが、「自分自身の、明確な価値観や人生観」です。

他者に、あるいは諸外国の人たちに影響されない、しっかりとした価値観を持つこと。これが、「横並び」を貴ぶこれまでの社会に最も欠けていた点です。

横ばかりを見て、他者をうらやむ。自分自身の足らない点ばかり気にして劣等感をいだく。その末に、自分の長所に気がつかない。自分のやりたいことが見えない。そうやって「人生を切り拓く意欲」を持ちにくくなっていたのです。

もっともっと、それぞれが個人の力を十二分に発揮できる環境をつくらなければなりません。そのためには「自分独自の明確な価値観」が欠かせません。

そんな価値観と環境をつくるために、群馬は日本から独立したのです。

◎50年先、100年先の社会の変化を『想像する』力の養成

社会は激変します。歴史を振り返ってもそうですし、21世紀は、その変化速度が飛躍的に加速しています。子どものうちから「半世紀後には」「100年後には」、どういう社会環境になっているか、自分自身で想像する力、そしてそれに具体的に対応する行動力が要求されます。それは「SFの世界」に没頭するスタイルにも似ています。ある意味「妄想力」であるかもしれません。

ＡＩ社会・ロボット社会の進展と人口減少で、いわゆる「単純労働」はすべて「ＡＩ任せ・ロボット任せ」の時代が早期に訪れることでしょう。

歴史の中における「様々な産業の盛衰」を見つめたうえでの職業選択などという旧来的な考え方ではなく、「人間が担う仕事は、どれとどれなのだ」という本質的な視点が欠かせないのです。だからこそ「想像力」、あるいは「妄想力」と言ってもいいような力が不可欠なのです。

◎ネット・ＡＩの功罪を認識して使いこなす

インターネット全盛時代で、みなさんはおびただしいほどの情報を瞬時に手軽に入手できるというメリットを手にしました。同時に、スマホひとつで自分の意見を全世界に簡単に情報発信できるというきわめて強い力を手にしました。

ここで気がつきにくいのが「情報発信の危険性」です。

情報発信は「必ず誰かを傷つける」リスクがあります。そのことを旧巨大メディアの人たちは日常で職業的訓練を重ねています。それであっても、情報発信による人権侵害が日常茶飯事でした。だとすれば、そんな訓練を受けていない普通の人たちが、思いついたままの情報発信を日々繰り返したら、どれだけ深刻な被害を生むのでしょうか。

こういう、ネットやＡＩのメリット・デメリットをきちんと認識したうえでの向き合い方が欠かせないのです。

職場でも家庭でも、日常生活のすべてをスマホ等のネットでのやり取りに終始して、人が声を出さなくなれば声帯の退化を招きかねません。人間が言葉を失ってしまう危険性だってあります。これは絶対に防がなくてはなりません。

さらには、なんでもＡＩ頼りになると、人間は日常生活の中でせわしく動き回る必要がなくなるため、手足などの肉体機能が退化する恐れさえあります。ネットやＡＩの功罪を十二分に認識して、うまく使いこなしながら、人間としての進化を続けなければならないのです。

◎政治を語る若者はカッコいい

子どもや若者世代が政治を語ると、「子どものくせに過激な思想の持ち主だ」などと言われかねない雰囲気がありました。そうやって、国民は知らず知らずのうちに「政治から目を背ける」ことが半ば常識になりました。その末に、日本は衰退の一途をたどってきたのです。

日本の政治や行政、大企業の腐敗が表面化されるにつけ、「国民が政治・社会から目を背けることの弊害」を思い知らされます。政治は国のかじ取りです。幸せな社会への羅針盤です。明日を担う若者世代が目を背けてよい理由などないのです。

「政治を語る」といっても、難しい話をする必要はありません。

好きなミュージシャンのコンサートに行く。好きな芸術家の展覧会を見る。映画館で好きな映画を楽しむ。友人同士でキャンプに行く……。そんな感覚で、若者が気軽に政治を語り行動することこそ、明日の社会を飛躍させることは間違いないと思いませんか。

群馬国では、小中学校で、高校で、大学で、政治を語ったり模擬議会を開いたりする活動が広がってきました。

「政治を語る若者って、カッコいい」

そんな風潮が出始めています。頼もしい限りです。

独立間もない今は、人の大切な権利である「選挙」を一時棚上げしました。苦肉の選択でした。これを若者世代の手で、本来のあるべき形にしていってほしいと思います。言うまでもなく、一時棚上げした選挙制度の復活です。

真に「出たい人」「出したい人」が選挙に出られて、その主張・行動をもとに全国民が判断する。そんな「当たり前の政治システム」を、一日も早く実現したいのです。

「政治」「政治家」が国民の尊敬の対象になるような世の中をつくりましょう。国語辞書で「政治」という言葉を引いたら、「駆け引き上手」などという意味が消え去っていて、「崇高な社会奉仕作業」という意味だけになるようにしてゆきましょう。

◎常識を「まずは疑ってみる」視点

学問をはじめ、神羅万象、「これが絶対正しい」「絶対に間違っている」というものは、実は少ないのです。

物事を学ぶ、生き方を模索する。そんな中で欠かせないのは「常識を疑ってみる」という姿勢です。

学問や医療、衣食住などの日常生活で「これが正しい」という常識のようなものが、数十年単位の時の流れ中で「正誤がひっくり返った」例はたくさんあります。

疑ってかかれば、そのことを否定するための努力を迫られます。専門的な勉強が欠かせません。それをもとに考え方を構築して主張する勇気も必要です。

そういった積極人間をつくるという意味で、「常識を疑う」ことにはおおいなるメリットがあります。

「正しい」とされる学説・見解・主張の中には、20年後、30年後には「誤りや誤解であった」とマイナス評価が下されるケースが少なくありません。学問もそうですし、価値観や人生観に話がおよんだ際にはなおさらです。若者自身が、周囲の教えに耳を傾けながらも、「それが本当に正しいのだろうか」「適切だろうか」と疑問を持ち、「自分ならこう考える」という思考に至る。その思考を補強するために、積極的に勉強をする。自分自身でまとめた考え方を周囲にぶつけてみる。議論を通して、話が一歩も二歩も進む……。「自身の積極的学習」の動機づけとして「常識・定説を鵜呑みにしないこと」が大切になってきます。

◎若者の特権と、進化への前進

若さが尊ばれるのはなぜでしょうか？

「体力がすぐれている」からでも、「容姿が若々しくて美しい」からでも、「記憶力が優れている」からでも、「怖いものなし」であるからでもないのです。

「物事を変革させよう、改革しよう」という勇気・エネルギー・柔軟な姿勢、そして具体的に行動する時間の長さを持つがゆえに、若さが尊ばれるのです。

「変化（進化）させようというエネルギー」は、年長者よりも若者のほうがたくさん持っています。「人生の持ち時間の差」を考えれば当然です。

だからこそ、みなさんの若い力や情熱が期待されるのです。

これこそが「若者の特権」と言えるものなのです。

その特権を、これからの長い人生で、おおいに発揮してください。

情報社会の中で膨大な情報を集め、学び、それをあなたたち一人ひとりの「強力な武器」にして日々の生活に生かしていってください。

コンピュータやＡＩに頼り切って、その言いなりになれば、人間の存在が否定されかねません。

「ＡＩに使われる」存在ではなく、きわめて便利なＡＩを使いこなす「主役」であってほしいのです。

伝統文化も、伝統学問も、時代の変化に合わせて進化させていってください。

そのことが、新たに生まれた群馬という国に生きるみなさんの長い人生を、より豊かなものにしてくれるのですから。

２０２Ｙ年Ｚ月Ｚ日

群馬国初代大統領　中之　条太郎
群馬国内の大人一同

木部克彦（きべ・かつひこ）
1958年群馬県生まれ。毎日新聞記者を経て文筆業・出版業。共愛学園前橋国際大学短期大学部（前橋市）客員教授。「地域文化論」「生活と情報社会」などを講義。群馬県文化審議会委員などを歴任。食・料理・地域活性化・葬送・社会福祉などの分野で取材・執筆。企業経営者・政治家をはじめ、多くの自分史・回想録出版も数多く手がけ「自分史の達人」と評される。

【主な著書・編著書】
『群馬の逆襲』『続・群馬の逆襲』『今夜も「おっきりこみ」』『誰も教えてくれなかったお葬式の極意』『ラグビーの逆襲』『情報を捨てる勇気と表現力』『ドキュメント家庭料理が幸せを呼ぶ瞬間』『群馬弁で介護日記　認知症、今日も元気だい』『夢に住む人　認知症夫婦のふたりごと』『老人進化論』（以上言視舎）『高知の逆襲』『本が涙でできている16の理由』（以上彩流社）『捨てられた命を救え～生還した5000匹の犬たち』（毎日新聞社）ほか。

装丁……足立友幸
編集協力……田中はるか
DTP制作……REN

群馬が独立国になったってよ

発行日❖2024年10月31日　初版第1刷

著者
木部克彦

発行者
杉山尚次

発行所
株式会社**言視舎**
東京都千代田区富士見2-2-2 〒102-0071
電話03-3234-5997　FAX 03-3234-5957
https://www.s-pn.jp/

印刷・製本
モリモト印刷㈱

ISBN 978-4-86565-280-2　C0036

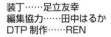